Lady's sto
女人
窺
心事
林書玉 著
Lady's story

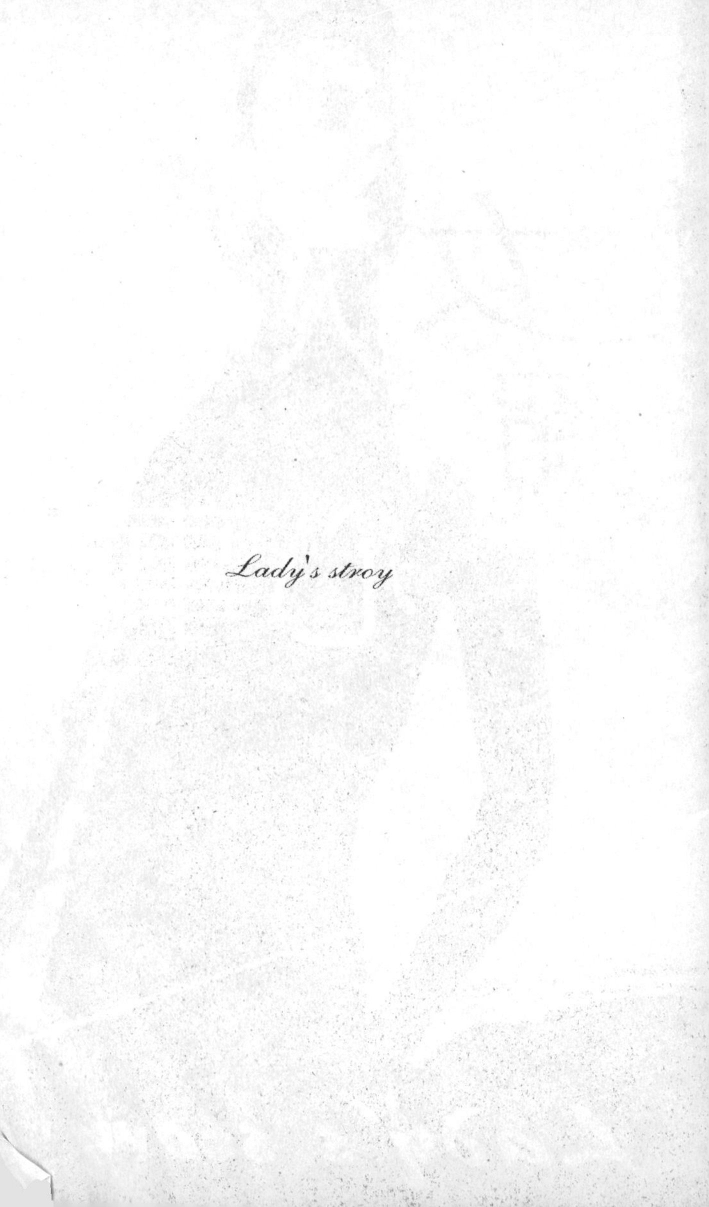

Lady's stroy

序

「愛情」不是人生的全部，但是愛情的種子卻潛伏在我們生活的空氣裏。因此，人的一生很難躲過「愛情」的戲弄。試問，有多少人敢拍胸脯保證他們從來就沒有受過感情的折磨，或是嚐過愛情的喜悅？

每次一有人跟我提到他們的感情遭遇時，我便發現雖有讓人驚喜高興的故事，但是替他們高興過後，很快就忘了。唯有讓人感嘆哀傷的感情故事，才會在腦海盤旋不去。這也是為何書裏的故事多數都帶著一股沈重，因為這些故事曾經深深感動過我。當我仔細聽著別人跟我細訴他們的愛情遭遇時，我便在心裏假想，「如果這些事發生在我身上的話，我會怎麼做？」暗自比較過後，我發現女人其實面對感情的態度很不同，而這些差異通常來自自身的個性、環境，及其他生活因素。但是更令我感動的，是多數女人對於殘缺的愛情都比較能承受和面對，而他們承受的方式也比較陰柔。所以，我自然可以理解為什麼當女人被愛情出賣時，報復的方向往往是針對介入的第三者，而不是他們所愛的男人。

現代的女性雖然不會再把「感情」視為人生的唯一，但是感情的發生，誰又能預料呢？不管你是上班族，學生，家庭主婦，窮人，有錢人，美麗的，普通的女人，愛情都可能走進你的生命裏。如果你曾經為愛情喜過，苦過，笑過，哭過，你都應該為自己感到慶幸。因為「感情」本來就是有悲有喜，「生活」原來也是有起有落，就是因為這些「悲喜」「起落」，我們才能為自己的生命畫出各種瑰麗的色彩，來豐富我們的人生。

女人窺心事

c o n t e c t s

contects

美麗壞女人篇

story

contects

爲什麼不結婚篇

Lady's

contects

外遇篇

story

contects

閨怨篇

Lady's

contects

story

Lady's

女人竊心事
Lady's story

美麗壞女人篇

Passion

「我的嘴唇吻過誰的嘴唇...」，她雙目緊緊看著他的嘴唇，心裏突然有股激情漾開，吻我吧！

我的嘴唇吻過誰的嘴唇

他就坐在對面，耐心的解釋事情的來龍去脈，女人低著頭，細心聽著，臉上卻故意裝出一副不在乎的神氣。窗外車子吵雜的聲音，偶爾打斷了女人專注的思緒，只見她不時的抬頭往窗外望去。

這時候仍是上班時間，顧客不多，咖啡廳很安靜，除了侍者偶爾發出幾聲聲響，幾乎沒有什麼吵雜聲，唯一的聲音是蕭邦的鋼琴小曲，一陣一陣的滑過耳際。樂聲輕柔浪漫，使她更加分心，於是男人的解釋便顯得有一搭沒一搭的落進心底。

「So....?」男人開口說。

「What?」女人抬頭，一雙漫不經心的眼神看著男人，一臉困惑的答著。

男人見狀，一臉緊張，萬分心急，看她的神情，他猜想她一定還很介意。

於是，他再張開嘴，一字一字的說，「其實我跟那個女人真的沒有什麼，只是路上碰到了，她請我吃飯，順便跟我討論最近的股票行情……，」男人拼了命的解釋，緊張的額頭冒著一滴一滴的汗珠，看的出來，他非常在意她的感覺，只求她不要誤會。

女人心裡暗自竊笑，她喜歡看他緊張的樣子。

「那，為什麼我的朋友說，你跟人家有說有笑的，感覺上好像…嗯，好像很好？」女人故意嘟著嘴說。

「我沒有，我發誓，如果我真的有，你可以叫老天爺處罰我」，男人一臉無辜的說。

女人抿著嘴笑，心裡卻想著：「自己的問題真是愚蠢得可以，吃飯不都是有說有笑的，難不成要板著臉嗎？」，可是卻又開口對男人說，「你故意發這種誓，我怎麼可能請得動老天爺來懲罰你呢？」

「那………」，男人不知所措，愣在那兒不知如何接話。

女人坐在那兒，深情的看著他，其實心裡從來沒有在意過這件事，只不過想要逗逗他而已。

男人看她沉默不語，更不敢貿然出聲，坐在那兒像個做錯事的小孩。

女人低下頭，開始為自己的行為感到一絲不安，她其實喜歡男人在意她的這種感覺；全心愛人太累，可是又不想愛一個完全沒有感覺的男人，男人愛她多一些最好，當男人愛她多一些時，她心裡也會跟著篤定些。

她完全陷入自己的思緒，不知坐在對面的男人正在觀察她的表情。

「你在想什麼？」，男人溫柔細聲的問。

女人抬起頭，衝著他甜甜的笑，然後搖搖頭說，「沒有」。

女人看著男人微微抿著的嘴，突然想起自己很久以前唸過的一句詩

「我的嘴唇吻過誰的嘴唇……」，她雙目緊緊看著他的嘴唇，心突然有股激情漾開，吻我吧！她想。

男人看她雙頰怎地忽然染了一片嫣紅，有些納悶？

「啊！我的嘴唇想被你的嘴唇輕輕的撫弄」女人低聲囈語著；

男人似乎聽見了，疑惑的眼神，頓時帶著笑意，他仔細的看著女人，

女人並不怯懦，大方的回看著。

昏暗靜謐的咖啡廳，倏地充滿了愛情的氣息，愛情像一首美麗的詩，同時寫進女人與男人深情的眼眸。

狂熱

男人走進STARBUCKS，點了他的最愛—CAPPUCCINO後，站在櫃台前，兩眼向四周望去，發現靠邊的牆角還有空位閒置在那兒，於是慢步的走過去，拉開椅子，一個人獨自坐在那兒，一口一口的啜著咖啡；他的眼裡沒有誰，因為他的表情是那樣的氣定神閒。女人就坐在另一個角落，她靜靜的看了他很久，雖然這樣暗地裡看人似乎不太禮貌，但是對自己的輕浮舉動，她也找不到任何理由解釋，唯一的說詞是眼前這個陌生男人實在太「可愛」了。她仔細研究他的「氣定神閒」，看他一副不把身旁的「人」、「事」、「物」放在眼的隨性——令她妒嫉，悠閒的表情帶著一股沒有傷害的「漠不關心」，更令她莫名的生起氣來。她發覺自己突然有股想要誘惑他的衝動，於是站起來，大方的走向他。

男人沒有料到會有個陌生女人走到他面前，而且是個很柔媚的女人，嚇了一跳，他愣坐在那兒，沒有開口，心裡似乎在等著弄清楚眼前的場面。女人站在他面前，抿著嘴，微微上揚的嘴角，露出一個令人「想入非非」的笑容，男人一驚，迅速起身，和她眼對眼的互看著。女人的嘴角雖然掛著笑，但是心卻想著：「啊！好大的膽子，竟敢明目張膽的欣賞。」

男人看著眼前發生的一切，有些莫名其妙，覺得自己這時應該開口問清楚，女人這樣待他，到底是什麼意思？正在猶豫時，女人卻搶先開口了。她用嬌柔的口吻說，「你為什麼這樣看人家，你不覺得這樣的行為不太正當……？」，男人似逮到機會一般，立刻回說，「既然你長得這麼美，被男人看兩眼，又何妨？何必這麼小氣呢！」。

這一回，換女人愣在那兒，她像忘了台詞的演員，不曉得該如何繼續演下去；還是男人心細，看出她的窘態，馬上又接著說，「你一個人嗎？要不要一起坐？」。女人懊惱自己這麼輕易就被他看穿，於是驕恣的說，「為什麼？男人就喜歡這樣的機會，等一個漂亮的女人自投羅網，對不對？」。

女人跟男人同時坐下來，男人問她，「你喝什麼？還要不要再點一杯？」，女人搖頭，表情還是那麼驕恣，而且微微帶著不滿。她對自己的行為越來越感到不解，因為眼前這個男人不是她的「誰」啊？她為什麼跟人家生氣呢？男人看出她的不滿，故意鬧她，用詼諧的口氣說，「哎呀！這位美麗的小姐，你一定要告訴我，我到底那裡招惹了你，你為什麼莫名的跑到我眼前，對著我露出一個令人難以抗拒的笑容，使得我心情愉快，然後又莫名的跟我生氣，害得我不知怎麼辦？」

噗！女人聽到這裡突然放聲笑開來，因為她看見狂熱正在男人眼底如火燄般的緩緩燃燒起來。

一池春水

女人就坐在辦公椅上，當男同事路過她的座位時，她叫住他；她問，「你早餐吃了沒？我還沒吃，如果你要出去買，可不可以順便幫我買？」說完後，她露出一個甜甜的笑容，等著同事的回答。男同事回問，「為什麼是我？」，女人狡黠的說，「因為你每天都在這個時候吃早餐，我已經觀察你很久了」，男同事開心的回說，「真的，好！就算我不吃，也要幫你買」。

男同事走後，女人低頭繼續看她的文件。男人就坐在女人的位子旁，他靜靜地看著他們剛才的對話，突然笑出聲來，女人抬頭看他，她長長的睫毛不經意的眨著，像要撥動一池春水，令他驚慌。女人問他，「你在笑我……」，男人靦腆的說，「咦！你怎麼知道？」，女人挑起眉毛，得意的回答，「你在笑我把辦公室的男同事當奴隸使喚」，男人聽了之後，笑著說，「那是你的本事」。

「她美得壞壞的」，辦公室的男同事都這麼形容她。但是她一點也不在意，她的「好」與「壞」只有她自己清楚，別人的意見算什麼！況且，「人」天生就長得一身賤骨頭，越「壞」大家越「愛」。辦公室的男同事不都是這樣巴著她的嗎？她對他們信口說說的話，他們不信但又偏偏愛聽。這就是她覺得自己最「壞」的地方——她喜歡在開口說話的當口，調戲辦公室的男同事，逗得人家心裡一陣歡喜，事實上，她對誰都沒有情意，對誰都不感興趣。

女人問隔壁的男人，「就是你，你從來不約我，不跟我說一些話，為什麼？」男人苦笑，「這麼多人拱著你了，還不夠！」。女人說，「哎呀！那是他們自找的，我才不要人家拱著我，我喜歡自由自在的，才不要他們來煩我哩！」「為什麼問我？」男人問。「因為你從來就不問我」，女人說完後，目光轉回到公文上，她並不想知道男人的理由。

男人到底是順了女人的意思，請她吃晚餐。

男人問她，「你要不要黑胡椒醬？」，女人搖頭。

「為什麼突然興起要請我吃飯？」女人問。

男人故作輕鬆的回答，「因為你說我從來就不約你」。

女人笑開來，「我只是隨口說說的，你不必在意。況且你約不約我，有什麼關係？我的生活也不會從此就改變啊！」女人緩緩的說。

男人問她，「你沒有真正喜歡過人」。

女人看著他說，「有！我到辦公室的第一天，就喜歡上你。不過，我不是主動的人，我覺得喜歡就喜歡，也不一定要跟你有什麼牽扯」。

男人笑說，「憑你，是不需要主動。不過，你的被動倒也害我失去機會」。

女人專注的聽男人說話，長長的睫毛又開始不經意的眨著，像要撥動他內心的一片沉靜。他看著她，心想，「如果可以把她摟在懷，足矣！」她深邃的眼眸彷彿早已看穿他的主意。

她說，「當她想愛時，她寧願放開懷用心去愛，她不想玩猜心的遊戲，猜錯或猜對都太累；她也不是男人的收藏品，只能附屬在男人的生命」。

男人驚訝的辯解，「他不是那個意思」。

女人笑了，她說，「我知道，不管你現在看我的心情是什麼？你的潛意識還是這樣想，其實也沒什麼，只是男人本性罷了！」。

男人低頭，無力的說，「我真的不是那個意思……」。

女人低頭，用手摸了牛排，細聲的說，「啊！牛排已經涼了」。

午夜的夜來香

女人住在半山上，往山下的路上種了一排很整齊的樹木，樹有時會開一些很漂亮的花，她很喜歡，但是她卻從不去打聽到底這些花都是什麼花？她對很多事情都存著強烈的好奇心，但對這些事情她也不打算一樣一樣弄清楚，她覺得用自己的感覺來感受生活就夠了，弄明白了又怎樣？因為這些奇特的個性或習慣，所以她不喜愛熱鬧或人群聚集的地方，她把自己擺到山上來住的原因正是如此。

她也是個不擅等待的人，她常當著朋友的面，取笑自己說，「像我這樣的人很吃虧，因為不管是在生活或事業上，機會常常是等久了才會來臨的，不耐等，機會永遠不上門」。在愛情的世界，「等待」也是一件令她心煩的事情，因為她常做一件傻事——等久了就「放棄」。她害怕不守信用的男人，不為別的，只為她是個守信用的人。過去，男人空口說的話，她常把它們當成「永恆的誓言」放在心寶貝著，幾經上當後，她學乖了，她禁得起等，便等，禁不起的話，她會回到自己原來的生活，就當一切都沒發生。男人說她沒有心肝，她辯解我曾經給過機會。

女人守在電話旁，因為他早該在一個小時前便出現，但是至今尚未見到他的人影，她等得有些焦急。她想，也許是車子出了問題，也許還在為公事忙碌，也許……啊！他可能忘記了。她甩了甩一頭長髮，又急躁的說，「不會啊！他每回遲到都會先打電話說一聲，他知道我不耐等的」。

女人站起來走向窗口，打開窗，一股夜來香的味道隨著午夜的風沁進屋，啊！好香的味道，她驚呼。她十七歲的那年夏天才認識了夜來香的味道，卻立刻愛上了，並且牢牢的放在心裡，她喜歡它濃豔的香味，誘人的很。她喜歡花香，在她的看法，花要香得有特色才能吸引人，就像女人要美得有味道才能勾引男人一樣。當然，她也知道她這樣的看法粗淺的很，不過她不在乎別人的意見，她是靠自己的感覺來美化生活的人。

女人猜測著，不知道是誰家栽種的？夜來香——越夜越香，只有在近午夜時分才能更清楚的感受夜來香的美。她用力吸著夜來香的味道，一顆懸掛的心突然放下，等人變得不再重要，她決定出去尋找夜來香。走進臥房開始褪下身上穿的性感睡衣，她是特別為他穿上的，只因他說白色性感的睡衣最適合她。她等了一個晚上，就為了看他驚訝快樂的表情，她喜歡他快樂。但是，時間一分一秒的流逝，在苦苦等待的人還是不出現啊！

換好衣服，打開門，男人剛剛好到門口。她看著他，原來的焦慮早已被夜來香的美挑弄得拋到九霄雲外，於是笑嘻嘻的說，「今晚我沒有空」，男人聽了之後一臉錯愕。低頭，她瞥見他手的花好美！

似水的女人

男人有一雙明亮的眸，看人時永遠帶著笑意。

這樣的眼神最討異性歡喜，無論他走到那，總有〝美眉〞對他頻送秋波，男人對於這樣的豔遇並不特別高興，他常對朋友說，「台北市的女人娶不得，他們太花俏，娶回家只能供奉著，我不想惹麻煩，將來娶老婆，我要到鄉下去找」。朋友笑他，「拜託，少土了行不行？台北女人才沒有這麼難搞，他們要女性新主張，就讓他們去鬧，女人越獨立，男人越輕鬆……」。

男人不懂什麼是「假道學」，什麼是「真道學」，在他的想法，女人想要追求自由，有一半原因是叫男人帶壞的。雖然他知道自己喜歡看漂亮女人，但是卻不會藉機糟蹋女人，對於自動送上門的女人，他總是故意裝糊塗，把女人氣得自動消失。所以，他對這群朋友的這番言語，常常感到生氣。他說，「你們這個就叫世紀末的墮落，而不是自由」。

他不知道鄉下有沒有適合他的女人？他也不清楚哪個窮鄉僻壤的鄉下女孩才可以娶回家。他只記得小時候在鄉下，他喜歡外婆的粗糙的手，為他洗澡，為他做飯，拍他入睡，甚至捏捏他的臉頰，都讓他感到萬分幸福，他以為太太要像這個樣子才美。但是，台北的女人——唉！真的只能看看，他實在沒有勇氣追求。

女人夾雜在一堆男男女女，還是顯得突出，因為她的一雙眼眸水汪汪，看人時永遠深情款款，黑亮亮的長髮夾著兩根銀色的髮夾，看起來斯斯文文，不說話的模樣，特別令在一旁默默欣賞的男人……蠢蠢欲動。但是，她彷彿對誰都不太在意，她的視線永遠停留在她的前方。

男人第一眼瞄到她時，便動了心，他拉著朋友到一旁，「你說，戴髮夾的女人是誰？怎麼以前沒見過她」，男人急切的問。朋友說，「她哦，很普通的一個女人啊！而且我們這樣的聚會，你又難得出現，怎麼會見過」。男人央求朋友，「幫我介紹啦！」。朋友笑了，「她是台北長大的女人，很容易搞定，你走過去跟她聊聊天就OK了！」。他白了朋友一眼，便直接走向戴髮夾的女人。

女人獨自坐在那兒，對男人帶著笑意的眼眸，視若無睹，雖然不刻意討好他，但是仍很有禮貌的點點頭。男人卻對她情有獨鍾，他問，「可以知道你的名字嗎？」。女人笑了，她問，「名字很重要嗎？它不過就是個代號，天曉得，我現在告訴你，你明天一覺醒來，可能就記不起來誰是誰？」

男人被潑了一桶冷水，有些不是滋味。他再問，「你說話的口吻一定要像辣椒一樣嗆人嗎？」女人還是笑著說，「我不是針對妳，我只是喜歡實際一些，把事情看得透徹一點，可以減少煩惱」。「你不覺得你的想法太主觀了」，男人問。

「我早過了做夢的年紀，實際一點的過活，反而踏實；主觀也沒有什麼不好，人不都是這個樣子……」。

男人靠近她，問她，「你的心可曾想過誰？」她玩笑的答，「有啊！我想的是男人口袋的錢」。男人說，「沒關係，女人似水，越柔弱越令人歡喜」。女人說，「啊！男人真好騙。可惜，就算為錢，那還得看他有沒有品？」男人聽了，張開嘴巴，說不出話；心裡卻想著，「唉！果真是台北的女人」。

花犯

女人抽了一張面紙遞給朋友，並溫柔的安慰她說，「這有什麼好哭的，分手就分手呀！你又不是第一次談戀愛，談戀愛，誰沒受過傷？再說，你為他這麼流淚，他曉得嗎？就算曉得，他會感動得回頭嗎？」。朋友抬頭看著她，一臉的淚痕，然後委屈的說，「是呀！我就是不明白，我為了他，事業、生活都可以犧牲，為什麼他還是不要我……？」女人說，「你果真還沒有弄明白嗎？愛情必須是雙向的互動關係，光憑你個人無謂的付出，它還是沒有辦法持續下去……」。

女人耐著性子，靜靜的聽朋友訴苦。上回她自以為好心的替朋友指責分手的男友，結果他們後來又言歸於好，使她尷尬萬分，她怪朋友心軟，亦怪自己多事。這次她學乖了，沒有對拋棄朋友而去的男人多加批評，只是偶爾在談話穿插一、二句大家都懂得的道理。

朋友抹掉了臉上的淚水，接著問她，「認識你這麼多年，你似乎沒有為感情受過傷，起碼我沒有看你為誰掉過淚」。她笑朋友，「你怎麼知道？我只是認為淚水是要流給自己看的，沒有必要在人前哭罷了。不過，我沒有說你的意思，你不要誤會。」朋友說，「不會啊！每個人的性子不同，我沒有辦法像你這樣勇敢」。女人嬌俏的笑著回答，「這可不關勇敢的事，而是你讓自己的眼淚都白白糟蹋了……」。

女人不愛夜生活，台北的喧囂熱鬧彷彿跟她沒有關係。對於男女之間的情事，她常常抱著「你不犯我，我不犯你」的態度。她不是怕羞，只是不擅與人打交道。她的嬌羞有種說不出的風情，撩人心扉，常令男人垂涎欲滴。朋友取笑她，像她這樣的怪胎，不適合在世紀末談戀愛，世紀末的愛情是頹廢的，並帶著殺傷力，若一切都按照秩序來，受傷的反而是自己。但，奇怪的是每回哭泣的人都不是她，而是那些高唱愛情自由的朋友們，她聽過朋友為情掉淚的原因不下有百個，但是說來說去都是因為戀愛時用情不專，半途而廢，她以為這是自食惡果，朋友卻認為感情是衝動感性的，沒有辦法用理性克制。

男人曾經試著收買她的愛情，可惜女人從不動心。「愛情豈能拿來論斤論兩的叫賣著」，她總是如此說。朋友告訴她，「這不是愛情，這只是一場交易，你情我願，大家各取所需。況且，大家都在玩愛情的遊戲，不能隨便投入真情……」。

女人聽後，總是笑笑，不願多說什麼。

欣賞她的男人說，「她像末春的最後一朵花蕾，就算她只是靜默的立在一旁，男人還是要為她動容」。她自己說，「相愛是要付出真心的，她相信愛情，因為她相信人性」。

溫柔的女人

女人長得很溫柔，生的就是一雙鳳眼，和一張小巧的嘴；優雅古典的五官，原來就為她自己添了一份濃濃的女人味，再加上她溫馴的個性，輕聲細語的脾氣，她的溫柔由裏到外百分之百，外人一眼就能看得出來。

女人開口對朋友說，「有個男人對我說，女人似水，越柔弱越惹人愛憐；還有另一個男人對我說女人是生來被男人疼的……」。

朋友回答，「對啊！現在的女人一個比一個強悍，像我就是一個例子，男人都說怕我，我有什麼好怕的，只不過賺的錢比他們多一些而已……」。

女人抿著嘴笑了笑。朋友接著說，「你就是太溫柔，男人一見就歡喜，怪不得你身邊老是圍著一群狼在狂吠。溫柔是天生的嗎？為什麼我做不來」。

女人聽了朋友的話，白她一眼，順勢起身，走向廚房，看看咖啡煮好了沒？回來時，手還端了兩杯咖啡。

放下咖啡杯，女人細聲的說，「我才不要溫柔哩！我喜歡像你們這樣大烈烈的，大聲說笑，大口吃飯，不用在意別人狐疑的眼光，做盡自己高興的事……」。

朋友聽了，露出懷疑的神色，「幹嘛！動作粗魯又不是什麼罪大惡極的事，我才不怕呢！被你這麼一安慰，反倒讓我覺得心虛」。

女人沒有立刻接話，她頓了一下，才說，「我冰箱有CHEESE CAKE，我們來把它幹掉，好不好？」

朋友聽到“幹掉”兩個字，樂得哈哈大笑，「我覺得你今天真的跟我來裝粗魯耶！連幹掉你都說的出口，你這就像一隻鳳凰沒事學烏鴉叫，耍寶嘛！」。

女人走向冰箱，拿出CHEESE CAKE，切了兩片，順手拿了兩隻刀叉，回到朋友面前，遞了一盤給她。朋友笑她，「我剛剛看你切CAKE的姿勢，端盤子的模樣，斷定一件事實，就是你粗魯不起來」。

女人急於答辯，「誰說？我不是天生溫柔，光憑切CAKE的姿勢，你就對我下這樣的評論，簡直是太不公平了！」。

女人喘了一口氣，繼續說，「況且我的溫柔是被男人陷害的」。

朋友一聽，兩眼睜得大大的，興致勃勃的問，「我不懂，你解釋給我聽聽。」

女人放下手端著的盤子，吞下嘴正含著的CHEESE CAKE，她說，「哎呀！你不明白嗎？我們家有四個小孩，全是女的。小時候，親戚一到我們家，總是最喜歡我的么妹，因為她長得最美，我想這是可理解的，多數人都不能拒絕漂亮女孩。但是，等大家漸漸長大，我發現我那些表哥們，對我卻越來越好，我也不懂為什麼？」女人說到這兒，端起咖啡，輕輕啜了一口。朋友卻催她，「趕快接下去說……」。

女人接著說，「有一回，我三表哥買了一盒蠟筆送我，我很高興，順便問表哥，是不是每個人都有？」，表哥看著我說，「當然只有你有」。我問他，「你們不是都很喜歡老么，為什麼她沒有？」。表哥捏了我的臉頰說，「你長大以後就懂了，女人要像你這樣溫溫柔柔的最美，老么是長得漂亮，可惜脾氣太倔」。

朋友問女人，「所以……」。

女人聳聳肩，接著說「表哥從小就灌輸我這個觀念，女人可利用溫柔這項優點，在男人身上得到她們想要的。我不是喜歡溫柔，而是溫柔慣了，而且從男人手裏拿慣了，男人是我的生活重心，我必須用自己的專長去滿足自己的需求。我若是硬叫自己改變，都不知道會變成什麼樣子……」。

朋友聽完之後，搖搖頭，輕描淡寫的說了一句，「看來溫柔的女人不一定好做」。

蠱惑的女人

女人一走進音樂聲吵雜的PUB，就立刻吸引很多人——包括男人和女人的目光；她身著一件黑色緊身連身短洋裝，一頭長髮水瀉般的披在肩上，最招眼的是她臉上的妝，一張蒼白的臉蛋畫著兩道細細的眉，一雙黑澄澄的眼撲上一整片銀藍色的眼影，一張豐滿的嘴唇深深塗抹著流行的紅褐色的口紅，一雙纖細的手同樣的也擦上紅褐色的指甲油。整個妝扮在燈光昏暗的酒吧顯得特別「蠱惑」，被她吸引的男人和女人都不知道是因為她的身材太誘人，臉蛋太美，還是她的氣質太媚……。

女人知道她是迷人的，所以對於四處投來的注目禮，她一點也不在意。世上有種女人最叫女人妒嫉，男人害怕：亦即是明明知道自己長得漂亮而又故意裝做不明白的人，這種非刻意的賣弄，常常吊足了那些得不到的男人的胃口。女人非常明白這一點，所以，在男女互相追逐的感情生活，她向來是立在決定要或不要的一方，而不是任由男人來掌握她在「感情賭局」的去留。她對自己感到得意的很，因為她的美麗，因為她的自信，更因為她對感情風險的承受能力，而使得她像一條魚一般，悠遊自在的穿梭在男人的世界。對於男女之間的「愛情規則」，她一向採取「小心選擇，大膽去愛」，這種細心的態度使她至今尚未在感情的世界跌過跤。

有人說，女人一過了二十五歲，就準備等著在男人的世界被淘汰。所謂的「淘汰」指的是處在被選擇的地位，她今年剛好滿二十五歲，但是她偏不信邪，她想要證明的不是身上散發出來的魅力，而是她在男女共處的世界擁有百分之百的選擇權。這種觀念到底是與生俱來，或者因為小時候看不慣她那可憐的母親總是活在父親拳打腳踢的陰影所造成，她已經懶得去釐清。

從她走進PUB的那一刻起，她便放任自己的媚眼四處飄散，對她來說這樣的行為並沒有在心裡上造成任何負擔，因為她非常清楚自己在做什麼。她也不想聽一些男人的無聊言語，所以她只顧自己快樂，正因如此她也不知道她的一雙媚眼已電到了坐在酒吧檯前獨自喝酒的男人。當她一屁股坐下來跟調酒師說笑著點飲料時，原來獨自喝酒的男人早已悄悄的來到她身邊，並且幫她付了錢。

「哦，不用了，這位男士幫你付過了」，調酒師瞇著眼笑著說。

女人一聽，挑起眉看著立在一旁的陌生男子，男人正微笑的回看她。

女人問他，「你為什麼幫我付錢？你是不是想把我？」

男人一聽，立刻臉紅，趕緊替自己辯解，「哦，不是的，從你走進來時，我便注意到你，因為你走路的樣子非常有自信，你的眼神好像在告訴那些看你的人——我就是長得漂亮，所以不怕你們看」。

女人聽了他的解釋，有點心虛，誰說她不是這樣想的。不過在表面上她卻不輕易鬆口，她反問男人，「聽你這麼說，你很會觀察人囉！人家眼神說什麼，你都看的出來；而且你是不是錢太多了，為了這個理由，你也能幫人家付錢，看來你大概是成天在PUB泡著，人看太多了……」。

男人抿著嘴苦笑著說，「我如果跟你說這是我第一次對女人這麼做，你一定不信，所以也沒有必要多費唇舌解釋一些有的沒有的……」。女人聽完之後，端起酒杯一飲而盡，然後說，「好，說得漂亮，不過我今晚的確不想聽一些有的沒有的，謝謝你的酒。」女人說完之後對著男人露出一個微笑，便起身大步離去。走出PUB，女人輕輕說了一句「男人」，音量低到只有自己聽的見，然後心情愉快的往回家的路上而去。

一夜情

今夜的台北相當悶熱，令人心情也不知不覺的跟著變得意亂、心煩。女人倚在窗前，靜靜的凝望著台北市的夜景，她發現從「凱悅飯店」望出去的台北夜晚竟帶著一股陌生的美，這種隔著距離的美感她不曾感受過。她暗自揣測，是因為她從未曾在這麼高的樓層欣賞過台北，還是因為她的心情在做祟？從啤酒屋帶出來的酒意正興濃，她不經意的拿手指頭玩弄著髮梢，然後問自己，「你為什麼跟一位陌生男人走進飯店？」，說完後又發躁的安慰自己，「也許就是酒精在做怪，才使自己失去抗拒的能力；啊！也許又因為男人的五官太俊美，挑起自己的慾望，熱情像火燒一般，不能抵擋」。

她走回床邊躺下來，一手支著頭，一手撫摸著枕頭，腦海浮現著男女間所有纏綿的畫面，於是她又安撫自己說，「哎呀！我已經成熟到可以應付這樣的情況，反正一覺醒來，今天晚上所發生的事情就會變成回憶被鎖進腦海，回憶可留戀也可不留戀，有什麼關係呢？」她起身走到化妝檯前，重新打扮自己。當她對著鏡子梳理頭時，她聽見浴室正傳來一陣一陣男人淋浴的水聲，像突然憶起自己的第一次，她拿起雙手按在胸口上，才發現一顆心跳得好快，好快。

男人從浴室出來，看到她安安靜靜的坐在床上，兩眼像探照燈一樣一下子就把她的心事照出來，他溫柔的說，「如果你後悔了，或是有半點猶豫，你可以大方的走出去，就像我們剛剛說過的，絕對不能有半點勉強」。女人露出一個嫵媚的笑，回答著，「沒有啊，我沒有半點勉強的意思，我只是納悶，為什麼我會跟你走進飯店？而且心裡也沒有任何負擔，不像跟我從前的男朋友，壓力反而比較大。萬一他惹我生氣，還敢大膽的前來求歡，我一定回給他一個大大的難堪！」女人說完後，露出一個孩子氣的笑容。男人聽了之後，興味濃厚的問，「那他會怎麼辦？」女人聳聳肩回說，「他會咬牙切齒的說你們女人就喜歡拿性這種東西來控制男人，我才不吃你這一套，說完後扭頭就走」。男人聽完後，搖搖頭。

男人手撫摸著女人的臉蛋輕輕問她，「你真的不後悔？」，溫柔的口吻還夾雜著饑渴。

女人搖搖頭。

男人接著說，「你知道你為什麼跟你以前的男朋友在一起時壓力比較大？」女人輕聲的說，「不知道」。男人說，「因為你在他的身上懷抱著希望，不管你的希望是什麼？總是因為心裡有所求，於是把性也變成你的籌碼之一；但是你在我的身上沒有懷抱這樣的希望。說明白一些，就是我們兩人現在相處的局勢是對等的，都不在對方身上尋找希望，我們要的僅是分享彼此的身體，愉快的共度一個晚上」。

女人聽完後，點點頭。她想，對啊！就一個晚上吧！我從來就不知道什麼叫做「享受性愛」，就讓這個陌生男人替我上一課。女人想著想著，不由自主的閉上眼，任由男人的嘴唇滑過她的臉。

爲離婚乾一杯

女人跟她的「先生」，哦！應該要改過來叫「前夫」才是，約好了晚上在復興北路上的一家義大利餐館碰面，為他們昨天簽名蓋章的「離婚協議書」乾一杯，慶祝雙方同時重獲自由。

女人跟前夫結婚才不過半年，外人看他們兩人的婚姻生活，就像霧裏看花一樣——霧濛濛的。親朋好友多數責怪女人太過任性，因為女人老是在嘴巴掛著，「我就是這樣」這句話。每回大家一聽她這麼說時，就開始炮轟她，「結了婚的女人就是不能這樣」。尤其是，大家對她前夫的看法意見一致，好像從同一個鼻孔出氣似的，都讚賞他是個老實人，老實人不應該被欺負，這些話女人聽起來自然不好受，覺得親朋好友的想法太迂腐，什麼年代了嘛！男女相處都是你情我願的，她懶得理他們，更懶得多做解釋。

義大利餐館正在播放著義大利歌劇，女人聽不懂這些音樂到底在唱些什麼，她只記得有一回看電視，世界三大男高音正在演唱「茶花女」中的一首歌，歌名就翻成「將進酒」，歌詞的大意彷彿是人生要趁機尋求歡樂；雖然不能很清楚的記得歌曲內容，但是女人一直很羨慕這樣的人生態度。「是啊！我還算年輕，我有工作，我不靠男人過活，我當然可以自由選擇我想要過的生活方式」，她對自己這麼說。

前夫捧著一束玫瑰花走進來，他的眼睛在尋找女人坐的位置，從臉上的表情可以猜的出來，他正為自己的遲到感到不好意思。當他看見女人的身影時，很高興的走過去。

「送給你」，他溫和的說。

「謝謝」，女人愉快的回答。

女人深情的看著他，然後問他，「怎麼會想到送我花？你從來不做這種事」。

前夫被她看得有些陶醉，但還是正色的回答，「跟你學學啊！偶爾做一些瘋狂行為，不然老是被你笑老古董。還有，你不要用這種眼神看我，會讓我誤會……」。

女人用手摀著嘴笑出來，她說，「雖然我們才簽了離婚協議書，那不代表我對你就沒有任何情意，只是當我陷入婚姻生活時，我常會為自己失去原有的自由感到掙扎，對我來說，那也是一種生活的痛。我必須承認我不會是個傳統的賢妻良母，但是我會是個有情趣的情人。所以，當你，你的家人，你的親朋好友都拿賢妻良母這個字眼來看待我時，對我所造成的壓力，會逼得我不能喘息……」。

前夫無力的看著她說，「你要自由自在的生活，我不都是如你願嗎？我們可以按照你想要的生活方式，來經營我們的婚姻生活啊」。女人看著他，笑著說，「你知道不可能，因為我們的婚姻生活不是我們兩人單獨擁有的，你的家人，你的朋友全都攪在裏頭，我可以接受，或習慣你跟我的不同，但是我沒有辦法去忍受他們」。

女人看出前夫沮喪的神情，安慰他說，「來啊！你試一試，這是加州產的紅酒」說完後，順道舉起酒杯，前夫也學她舉杯，無奈的說，「要慶祝什麼好呢？」女人故意鬧他，「就慶祝我們兩人重獲自由好了！」。前夫吞了一口酒，緩慢的說，「雖然這個自由不是我想要的，但是我愛你，所以我可以成全你……」。女人接著他的話，「誰說老實人就是老古板……」。

說完後，女人開懷的笑了，她不知道她是高興自己重獲自由，還是高興自己被這樣的一個男人愛著。

為什麼不結婚篇

Wedding

「你寧願相信一張紙，也不願相信我對你的真心？」

「心就像水一樣，抓不住的。何況心會變，會隨著環境改變。」

孤單

女人一進門，把公事包往沙發上一丟，隨口就罵了一句，「什麼東西嘛！這種事也要我去應付，有沒有搞錯……」罵完便往沙發一坐，拿起咖啡桌上的遙控器，打開電視，兩眼盯著晚上的電視節目看。大約看了五分鐘，她想起剛剛順手買回來的晚餐還沒吃。拿起從炸雞店買回來的晚餐，一打開紙袋，漢堡和炸雞的味道立刻充滿在整個屋內。女人一聞到味道，皺了一下眉頭，她先拿起咖啡喝了一大口，才開始吃她的晚餐。

晚飯匆匆吃畢，女人這時才有閒情認真的看著電視節目的內容。她拿起遙控器，不停的按來按去，節目一台跳過一台，但似乎都沒有找到她想看的內容。女人喃喃的說，「怎麼搞的，現在第四台已經開放了，能看的節目還是不多？那我每年付那些第四台的錢是做什麼的……」說完後，她又笑自己，年紀越來越大，人也變得越來越囉嗦，對什麼事都喜歡抱怨，安靜的過日子不行嗎？關掉電視，她拿起桌上擺著的書，漫不經心的翻著。這本書是個企業名人的傳記，她買來看已經有一段時間了，但是翻過的頁數竟是少得可憐。女人注意到自己最近看書的慾望很低，就算她兩眼緊緊盯著書的內容看，也常常遺失在某一個段章裏。女人不是很明白自己最近到底是那裏有問題，她常覺得自己心頭有一股氣，悶悶的；但是她的生活很安穩啊！沒有什麼變化，也沒有出任何狀況。唯一的解釋就是工作很忙碌，搞得她的心情很煩躁。不過，她過去是很喜歡工作的，不是嗎？工作忙碌應該讓自己感覺很有成就感才是。

女人今年已經到了坐三望四的年紀了，至今仍小姑獨處。她不是沒有談過戀愛，也不是沒有人追求，年輕時因為事業心太重，而使自己錯過一段好姻緣，從此她便沒有再遇上自己喜歡的人了。不！應該說她覺得可以託付終身的對象。女人的臉蛋不算難看，但原來就不是很溫和的五官，不說話時還帶著一股英氣，使下屬一看到她，就遠遠的躲開了，根本無法跟她親近起來。不僅女人怕她，辦公室有些男性工作人員，也是一見了她就畢恭畢敬，不敢跟她隨意講話。她的個性果斷，處理事情的能力快速，做起事來有時比男人還豪邁，所以她在公司有時比男性主管還受到重視。正因為她的能力太強，旁人在她周圍總會不自覺得築起一道牆，跟她保持一定的距離。女人當然很明白自己的處境，心情低落時，她覺得自己就像廣寒宮裏的嫦娥，沒有一個說話的對象，倍感孤寂。可是她改變不了人的想法，她知道就算她不是因為能力很強被排擠，也會因為十年前的一場風波而被人談論不休，最明智的辦法就是不去理會眾人的態度，以免自己徒生悶氣。

十年前，女人剛進這家公司做事，她憑著優秀的學業成績而受到公司主管的欣賞。女人是個急性子，直腸子的人，做起事來不僅動作俐落，而且唰-唰-的很有朝氣。她的表現很快就博得主管的欣賞，外加女人年輕，這本來就是她的本錢，所以主管的照顧很快的就由辦公室延伸到她私人生活上。

主管當時的年齡正如女人當今的年紀一般，也是坐三望四的歲數了。對於良緣，他並不主動追求，但是若遇上好的對象，他也不想錯過。女人的條件對主管來說，正好是他想要的「賢慧聰明」的太太典型，所以在對女人的追求過程中特別積極，處心積慮的一定要把她追到手。女人從小到大從沒有這麼被男人的疼愛過，自然很感動，因此很快地就陷入熱戀。當兩人才交往進入第三個月，主管的內心已經不由自主的響起結婚的鐘聲。有一天，他在女人桌上放了一盒小小的禮物，包裝非常精美。女人看到禮物時，臉上的喜悅怎麼遮都遮掩不住。她朝主管一看，主管做了一個要她趕快打開的手勢，女人雀躍的打開一看，發現裏面是一枚戒指，她的笑容馬上收住，「結婚」對她來說應該是三十歲以後的事，她怎麼也沒有辦法想像自己在廚房做飯炒菜的模樣。下班時，她把戒指退回去，此後主管對她的態度只能用「遽變」來形容。

不過，就算感情有變，在辦公室裏大家還是相安無事。真正使他們感情絕裂的是因為公司一個大案子。女人當時堅決要接，主管卻不看好，他認為公司沒有這個能力應付，女人認為自己可以處理的來。兩人為了這個案子明爭暗鬥，當初的情愫早已消失殆盡。主管心裏有股恨，女人心裏有股氣，最後鬧到董事會，董事會開會決議，只要案子做成功，位子就是女人的。

主管請辭後，公司並沒有慰留。倒是女人有一絲後悔，她當初的確是想做好案子，並向公司表明她有能力，她沒有要他走路的意思。事後，同事對她議論紛紛，大家沒有讚賞她為公司帶來一筆生意，反而在暗地裏指責她是個背利忘義的人。女人不想解釋，也不想改善跟大家的關係。她認為能理解就理解，如果不能的話，她決不勉強。

電話鈴聲突然響起，把女人從睡夢裏驚醒。女人拿起電話筒「喂」了一聲。電話是大學同學打來的，同學是她的好朋友。她通知女人下禮拜天有另一個同學兒子滿月，大家都要去慶祝，要女人一定也參加，女人沒有拒絕。掛了電話，女人看看牆上的鐘，才剛過了十點。「這麼累，躺在沙發都能睡著」她跟自己說。關上電視，她還是懶懶得躺在那兒，不想起身。她想，「如果十年前就結婚，現在小孩應該也很大了吧！這幾年不停的喝結婚喜酒、滿月喜酒，大家都有個伴，有家庭，就只剩下我仍是一個人孤孤單單，寂寂寞寞。也許我應該聽他們的話，隨便找個人嫁了就算了。」「不行，找個人嫁掉，我的事業怎麼辦？我熬了多少年才熬到這個位子，為了這個位子，我吃過多少苦……」女人一邊想，一邊起身。她伸個懶腰，笑著問自己，「隨便找個人，行不行，可不可以？」她兩眼瞄向桌上的行事曆，低聲叫了出來，「天啊！明天還有兩個會要開。」接著跑進浴室趕著沖澡，好舒服的睡上一覺。

分手

女人躲在家裏哭了一下午，她不明白「為什麼男人就是不結婚？」

女人今天早上原來打扮得漂漂亮亮，因為她跟男人約了吃飯，而且男人答應帶她去吃她最愛的川菜館。在餐桌上，女人的心情一直很愉快，她不僅胃口很好，也不斷的幫男人夾菜。男人笑她，「我以為愛吃辣的女人都很潑辣，你倒是與眾不同啊！」女人一聽，立刻給他一個回馬槍，「是啊！我也以為愛穿名牌的男人都很花，看來我的想法也不太準啊！」男人看她伶牙俐齒，話接得很漂亮，就說，「我真是幸福，女朋友是個女狀元，看誰敢欺負我？」女人白他一眼，甜蜜的說，「是啊！你知道就好。」

女人跟男人一般大，兩人交往快兩年。在外貌上，絕對是男的俊，女的俏；在學識上兩個人也旗鼓相當，任誰看到他們，都會誇耀的說兩個人絕對稱得上是「天作之合」。兩人在交往一年時，男人曾經邀請女人共同居住，女人一口就否定了。為此，男人還有些不快，他老兄認為兩個人相愛，自然喜歡每天都見得著面，「同居」有什麼了不得的。女人知道男人心裏不高興，就玩笑的安慰他說，「你把我娶回家不就得了。你只需要到珠寶店買個戒指，我們到法院一辦好手續，我立刻搬進去，不要婚禮都沒有關係。」男人最怕女人提「結婚」兩個字，他不明白，在形勢上他們已經如同夫妻一般了，還不夠嗎？他們的朋友，家人誰不知道他們兩人相愛很深，兩人的感情還不夠公開嗎？沒有戒指也不會改變兩人的關係啊！女人習慣性的一提到結婚，男人就習慣性發暈。

有一回，女人又提這個話題，男人忍不住的對女人說，「你寧願相信一張紙，也不願相信我對你的真心？」女人回他，「心就像水一樣，抓不住的。何況心會變，會隨著環境改變。」男人聽到她的言論，冷笑的回說，「那張紙也不是水泥，可以保證永遠不變形。再說些不實際的話，我的心會變，難道你的不會？」女人聽到男人的答辯，莫名的冒出一股無名火，她說，「我的心意我自己清楚，我擔心的不是我的心會變，我是怕……」，女人說不下去了，男人雙眉一挑，忿忿的說，「怕什麼？你從頭到尾就是不信任我。如果我們的感情都無法彼此信任，那我們怎麼可能相處一輩子呢？你自己想想看。」女人被他說得啞口無言，板著一張臉，不理男人。男人一看情形，就軟化了態度。他溫柔的對她說，「我看我們以後還是少提這個話題，好端端的，幹嘛去惹氣受呢？」女人沒有接話，男人還以為他勸服了她，而在心裏沾沾自喜呢！

女人也知道自己目前改變不了男人的心意，但是她從來就沒有放棄過用婚姻把他鎖住的念頭。碰巧，前幾天女人的朋友來看她，順便把喜帖送給她。朋友隨口一問，「什麼時候喝你們的喜酒？」卻把女人問了一肚子委屈。朋友一邊安慰她說，「不結婚也沒有什麼大不了的」一邊又忙著教她，「你應該使用一些招數，逼你男朋友就範。男人不願結婚，一定有問題。我就跟我男朋友說如果不結婚，就分手。我已經不小了，再不結婚，每天都被我爸媽煩得要死。何況他媽媽還等著抱孫子，我也不想做高齡產婦……」朋友嘰哩呱啦的說起來，女人便仔細的聽。說到最後，兩個女人除了想方法讓男人心甘情願的走入禮堂外，還熱烈的討論起將來兩家的小孩可以一起上學之類的話題，朋友越說越遠，女人就越聽越心動。等朋友一走，女人立刻打電話給男朋友，約他星期六一起吃午飯，還說吃完飯可以去看電影。男人沒有意見，問她要去那裏吃？女人想了一下，就說川菜館好了，那邊離戲院比較近。掛了電話，女人俏皮的說，「到哪裏吃飯有什麼關係？重要的是你必須點頭說願意結婚，否則我們就玩完了。」

「你知道嗎？我朋友快結婚了。」女人溫柔的說。男人一聽到結婚兩個字，人馬上坐直了。他說，「哦！那很好啊！」女人看男人並沒有露出一臉不耐煩的神情，於是繼續說，「她問什麼時候喝我們的喜酒？」男人沒有回答。女人一看這種情形，剛剛愉快的心情已經不見了。她拉下臉，逕自往盤子裏夾菜。男人知道女人心裏在想什麼，他小心的說，「不是說好了嗎？我們不要再提這個話題。」女人委屈的說，「是你決定不要提，不是我們。而且就算不提，問題還是存在啊！」男人一聽女人這麼說，不耐的答，「我就不明白為什麼一張紙比我的心意還重要。」女人不回答他的話，直接問他，「你在怕什麼？為什麼你這麼怕結婚」男人看著女人，嘆了一口氣說，「女人很善變，結了婚變得更快。我們現在相處都好好的，一旦結婚，所有的感覺都會改變，我很怕這種改變。你不是不清楚我是在什麼環境下長大的」女 人黯然的說，「你不相信我嗎？你不相信我對你的感情嗎？」男人搖頭，他說，「我不是不相信你，我是不相信未來。」女人聽到這裏，突然生氣的說，「你就只顧你自己的感覺，那我呢？不相信未來就是不信任我，那我們在一起有什麼意義？」男人沒有接話。女人看男人的態度堅決，就使出最後的殺手鐧，她生氣的說，「不結婚，就分手」男人還是沒有接話。女人一氣就衝出餐廳，留下男人坐在那兒，一臉不解，他對著自己說，「為什麼非要結婚？女人真是奇怪，不結婚，就分手，這是什麼道理？」

女人回到家，關起門來不停的哭，哭到乏力，才想起她想打電話給男人，跟他說，「不結婚就不結婚，只要他愛她就行了。」但是女人不好意思打。她抹掉淚水，跟自己說，「我不想因為一張結婚證書，而一把推開我愛的男人啊！不結婚就不結婚嘛！」

夜夜不成眠

朋友坐在一旁不停的哭泣，女人已經聽她叨叨嘮嘮了一個晚上，還是沒有能止住她的傷心。朋友說，「為什麼男人這麼自私，永遠只想到自己。我為他付出的還不夠嗎？」女人一臉無奈，她最怕朋友跟她哭訴這種家庭紛爭。她不知道拿什麼話安慰朋友，只好轉移話題。她問朋友，「小孩咧，吃過晚飯沒有？」朋友拿了一張面紙止住淚水，才說，「有啊！我先把晚飯弄好，才過來的。」女人點點頭。朋友看著女人，突然很羨慕的對她說，「唉！前幾年同學會時，大家還拼命逼問你，要你趕快嫁人，怕你年紀越來越大，越不容易嫁。照我看來，現在恐怕你比很多人都幸福，不用煩惱先生事業，不用擔心他去外面找女人，而且也不用幫小孩做牛做馬。一個人自由自在，有錢有閒時還可以到處去玩。唉！如果時光倒回去，我寧願跟你一樣，選擇一個人生活。」女人笑笑沒有說什麼。

一講到從前，朋友的心情似乎馬上回轉過來。她問女人，「你最近有沒有跟誰聯絡？」女人回說，「沒有。」朋友說，「也是。你們現在都成為單身貴族了，那有時間跟我們這些黃臉婆混。我們這些人每次聊天都是先生，小孩的，你聽了一定覺得我們很可憐，已經完全失去自己的生活空間了。」女人說，「那裏是這樣，是你們這些有家庭溫暖的家庭主婦，懶得理我們這些沒有人要的老女人。不上班的時候，找你們出來喝茶聊天，你們永遠都是先生有事，小孩要上才藝班，你們哪有時間分給我們。」朋友從進門哭到現在，聽到女人的話這時才破涕為笑，她說，「說真的，幸好你還沒結婚，否則我如果在家受了閒氣也沒有地方可以去。那些結了婚的同學都有自己的家庭生活。就算她們願意讓我去，我也覺得很不方便。」女人聽到這兒，開玩笑的說，「你看我都還沒有機會收你們紅包，你現在倒感謝我沒有嫁人給了你方便」朋友聽她這麼一說，有點尷尬。她說，「唉！憑我們這麼多年的交情，難道我不希望你趕快找個好人家嫁嗎？但是這些年你男朋友一個換了一個，我也搞不清楚你到底想怎樣？勸你嫁人嘛，你又不是小女孩，心裏自然有你的打算，我們也不好多說。不勸你嘛，你又說我不關心你，我這個好朋友也是不好當啊！」女人聽到朋友這麼說，笑著說，「好啦！我曉得了。」

夜已經漸漸深了，女人問朋友要不要回去？朋友臉上立刻露出可憐的神情，女人只好說，「你要留下來，我沒有意見。但是你先生跟小孩呢？我怕他們會著急。要不你先打通電話回去。」女人無奈的說，「我家那個風流鬼說今天要應酬，搞不好到現在還沒回家呢？我們家的小朋友，老大會幫我打點弟弟妹妹上床，所以你不用擔心啦！」「那也不行啊！你還是打通電話回去好了。」女人說。朋友求她，「那你幫我打好不好？我不好意思讓小孩知道我跟他們爸爸老是在打仗。」女人笑她，「知道不好意思，就別老是做這種事情。」朋友對女人做出一付求饒的模樣，女人只好說，「好人做到底了。」

掛了電話，女人告訴朋友說，「好啦！你老公的確還沒回家，老大我都叮嚀好了。你有這樣一個好兒子，也算是幸福吧！」朋友一聽到先生還沒回家，一顆心又揪得緊緊的。她問女人，「我兒子有沒有問什麼事？他有沒有說他老爸去那裏？」「我跟你兒子說你想跟我敘敘舊，所以還好了，他們不是很擔憂。我想你老公都不跟你報告他去那裏，大概也不會跟兒子說吧！」朋友嘆了一口氣，點點頭。女人問朋友，「你們到底是什麼問題？常常吵架不嫌煩嗎？」「你以為我喜歡？這年頭先生都不太可靠，搞不好過幾年連小孩也不能依靠了。像你最好，一切都靠自己，用不著跟人伸手，看人家臉色。還是不結婚的好。」「還說呢？前幾年看你們一個個結婚去了，我每天晚上睡覺就抱著棉被哭，哭自己為什麼沒有人要？那時候每個人都勸我趕快結婚。結果呢？你們也不管我有沒有對象，你們每勸一次，我就哭一回。我到前兩年都還在努力找對象，就怕自己當老姑婆。現在我結不成婚，倒也要感謝你，如果不是你三天兩頭向我哭你的家庭問題，把我嚇到了，搞不好我現在還努力找機會把自己嫁出去呢？」朋友聽完女人的話，感慨的說，「現在每天晚上睡覺抱著棉被哭的人，倒是我這個結了婚的人了，這算不算風水輪流轉呢？」女人沒有回答。

陌生的城市

女人穿著一套比基尼泳裝，坐在游泳池畔的躺椅上。她隨手翻看自己昨晚才買的明信片，一邊看一邊皺眉頭。明信片上的風景都很美，她有點猶豫不絕，不知道到底哪一張明信片應該寫給誰？

女人戴著太陽眼鏡，安靜的觀察周圍的一切。這是洛杉磯一個渡假小鎮，女人兩天前才剛剛抵達這裏。她單槍匹馬，克服自己單身旅行的恐懼，買了機票，上了飛機，飛了十幾個鐘頭，她就到了一個陌生的城市。很久以前，她就幻想自己有一天可以到一個陌生的地方，不用煩惱現實生活，自由自在的過一段自我放逐的日子。這一天原來應該是實現她的夢想，令她快樂雀躍的一天；但是她萬萬也沒有想到她必須等到自己感情遇到重創時，才能鼓起勇氣踏出這一步，尋求她自我放逐的日子。

女人原來應該在半年前穿上白紗，成為一個快樂的新娘，但是她的男人等不及看見她穿上白紗，成為一位美麗的新娘，就來傷她的心。她跟男人一般年紀，兩人從二十歲開始交往，至今已跨入第十個年頭了。十年是一段很漫長的歲月，如果他們感情穩定，或許還可以令女人覺得日子不至於那麼難熬。但是這十年來，女人為男人流過無以數計滴的眼淚，每次當她狠下心要說再見時，男人就用他的柔情，用他的淚水做誓言。他求女人無論如何再給他一次機會，女人熬不過他的低聲下氣，終於點頭答應。事後，女人曾經後悔萬分，如果不是她的個性猶豫不定，在第一次爭吵時就真正分手，她以後也不用經過一次又一次的苦痛。

女人把棉被遞給朋友，順勢說，「早一點睡吧！一早醒來就趕快回家。」朋友沮喪的點點頭。女人看著朋友，安慰她說，「我雖然沒有結過婚，但是我想男人大概都是這樣吧，他們想要一點自由，你就當做放羊吃草，吃飽了自然就回家了。」朋友默默不出聲。雖然女人嘴裏是這樣說，但是心裏卻想著，「我是不是該為自己感到慶幸？在每個平淡寂寞的夜晚，我雖然擁著枕頭入睡，但是起碼我不用為男人煩心。放他走吧，如果你真的抓不住這個男人。」

男人是女人的初戀情人，女人必須承認她對他用情很深。男人不是壞人，但是，他就是不能抵擋其他女人的頻送秋波。女人一開始並不知道男人這麼濫情，當她逐漸了解他的性情時，她已經把自己的感情給豁出去；並且，連同她的人一起交給男人。女人知道當她把自己交出去時，其實就已經輸了第一步棋，因為她從那一天起，她就開始想像自己總有一天將成為他的新娘，跟他攜手共度一生。但是也是因為這個幻想，使她願意忍受男人的花心，更使自己平白的承受十年的感情創傷。

女人第一次跟男人大吵就是為了另一個女人的介入。當女人跟男人為了這件事爭吵不休時，男人只是無辜的說，「她自己跑來追我，你要我怎麼辦？」女人憤怒的回答，「當然是當場拒絕了。」男人悻悻的說，「你也是女人，你當然可以理解做為一個女人，被男人拒絕的痛苦。我沒有辦法對她擺明的說我不喜歡她，請她不要來煩我。」「既然如此，你何不跟她湊成一對呢？」女人也悻悻的回答。男人又露出他無辜的神情說，「但是我愛的是你啊！」女人對他的回答感到好氣又好笑。她跟男人下了命令，「你自己考慮，有她沒有我。」男人沒有考慮，當場怯懦的說他選擇女人。女人答應原諒他，但是要他當著她的面打電話給介入的女人，聲明他有女友，請她不要再來打擾他。男人起初不願意，但在女人的堅持下，他也只能硬著頭皮撥了這通電話。女人在一旁細心聽著男人跟對方在電話裏分手，心裏的大石頭這時才能放下來，而這次的風波也就這樣簡單的結束了。

但是有了第一次的經驗，女人內心就經常害怕第二次的惡夢會再發生。但幾年的時光悄悄的過去，男人似乎還信守承諾，沒有再發生外面的女人送秋波，他就接收的情形。女人相信他是真心待她，對他的警戒心便逐漸降低。如果不是那通沈默的電話引起她的猜疑，她大概就真的被他蒙在鼓裏，乖乖的為他穿上白紗了吧！

當女人後來發現又有另一個女人存在時，一種被出賣的侮辱，簡直把她逼到瀕臨崩潰邊緣。不光是因為她已經答應了男人的求婚，最令她傷心的是當她哭著去找她最好的好朋友時，朋友竟告訴她，「我在兩年前已經知道了，但是我不知道如何開口。」女人哭著叫了出來，「你早就知道，但是你卻沒有告訴我。為什麼？這算什麼朋友……」女人幾乎哀嚎的說完這段話。朋友等女人說完，才緩慢的說，「你要我怎麼做？倘若我真的告訴你，你會相信我嗎？你跟男人好不容易建立快十年的感情，可能會因為我一句錯誤的話而毀於一旦。」「怎麼會是錯誤的話呢？」女人哭著說。朋友嘆了一口氣說，「我並不是很確定。我就在街上看過他們一回，萬一我是錯的呢？我不想因為我的多嘴而使你喪失終身的幸福。」女人搖搖頭，哭著說，「我沒有辦法接受你瞞著我的事實，這跟我男朋友背叛我有什麼差別？」朋友想再解釋，女人對她一揮手，拒絕再聽她的話，便哭著走出去。

女人拿起明信片，開始寫給她的好朋友。「我終於踏上自己的旅途，一個人自在的呼吸自由的空氣。經過半年的冷靜思考，我彷彿才能明白你當初的心情。我想如果我處在你的處境，大概也跟你一樣沒有勇氣開口傳達這種訊息。我沒有責怪另一個女人的存在。事實上，我很感激當初那通無聲的電話，是那通電話救了我的幸福。幸好她在婚禮前打來，否則這樣的折磨恐怕沒有那麼快就結束了。我才剛來兩天，已經遇到一個俊俏的男人向我獻殷勤，我表面上雖然很高興，但是在內心卻沒有這份閒情。我想我這輩子談戀愛可以，談婚事，恐怕就永遠沒有一個答案了……」

寫好了明信片，女人悠閒的躺在那兒，看著來來往往的旅客。有人對她"笑"，她也開懷的"笑"，有人跟她說"HELLO"，她也跟著說"HELLO"。她想人生畢竟還是很美好。如果我不用在意別人的眼光，不用管別人的心事，不用知道我到底愛誰，我可以隨意的對著陌生人笑，也不用擔心他們陌生的眼光。閉上眼，女人想，「最重要的是我的心將不再為誰受傷。」

枯萎

星期六的公園，熱鬧異常，女人帶著小孩在公園裏玩耍。

公園裏有個小小的溜冰場，裏面擠滿了人。女人看著兒子在溜冰場裏溜他的直排輪，溜得非常開心；小女兒坐在她身邊，看著哥哥玩得很開心，心裏被逗得癢癢的，非常想下場。她吵著媽媽說，「我也想要學溜冰。」說話的口吻像剛斷奶的小嬰兒，還帶著一股奶味。媽媽看著女兒紅咚咚的臉頰，忍不住親了一下。她說，「乖乖，哥哥已經是個大人了，所以可以下去玩，你還小嘛，如果被別人撞傷了，媽媽豈不是要哭哭。」女兒撒嬌的說，「但是哥哥可以保護我啊！」媽媽拉著女兒的手指，指了指哥哥的方向，她說，「哥哥自己玩得那麼開心，怎麼會有心情管你呢？乖乖，我們讓哥哥好好玩，好不好？」小女兒嘟著嘴悶坐在那裏，雖然沒有再吵，但是看得出來一臉的委屈。

小女孩今年剛滿四歲，才念幼稚園中班。她一生下來就沒有見過爸爸，因為從懷孕到生下她，女人都是自己一人決定。她沒有徵求男人的意見，也沒有問過男人的意願，所以當男人發現她懷孕後，跟她大吵大鬧，女人還悠悠的說，「我願意生，願意養，要你操什麼心?」就是這次爭吵，導致女人跟男人決裂，也使小娃兒一生下來就少了父愛。

女人跟男人是在女人離婚後才開始交往的。女人決定跟前夫離婚時，曾經經過一番掙扎，她不確定自己離婚後可不可以勇敢的面對所有的壓力。何況當時兒子已經上幼稚園，半大不小的年齡對母親的愛特別需求，黏媽媽黏得很緊。女人想若是離婚，除非兒子的撫養權給她，否則說什麼她都不願簽字。男人跟女人是舊識，就在女人掙扎的這段時間，給予女人精神上很大的慰藉。他跟女人說，「你自己想想看，你是因為先生有了別的女人，你才想要離婚；還是你自己對這段感情已經看淡，願意放棄。」女人唯諾的答，「我不知道。」男人逼她，「那不行。你怎麼對自己想離婚的動機都弄不清楚呢?這樣很危險，萬一你是賭氣開口願意離婚，將來你一定會後悔萬分。如果你是想清楚了，願意離婚，那麼你的未來一定可以過得比現在更好。」女人聽不懂男人的話，她只是生氣的回答，「那有什麼差別呢?重要的是我沒有辦法跟他在同一個屋簷下一起生活。」「差別很大，你仔細想清楚」男人一臉嚴肅的回答。女人低頭不語，男人兩隻眼睛像老虎一樣，虎視眈眈的看著她，逼得她不得不想。最後，女人抬起頭看著男人說，「我想離婚，因為我已經放棄這段感情，但是我不想失去兒子。」

前夫因為有外遇，女人在爭取小孩的撫養權時並不困難。女人離了婚，帶著小孩搬出來住。在男人的幫助下，女人很快就找到一份工作，獨立自主的生活。兒子的生活費由前夫固定付給女人每個月一筆錢，外加自己的薪水，兩份收入加起來，女人跟兒子的生活還算過得愜意。男人自女人離婚後，便常來探望他們母子。有一回，女人留男人晚餐，在飯桌上，她非常正經的對男人說，「我真的要感謝你，如果不是你的冷靜分析，你的堅持，搞不好我到現在還在感情的深淵裏掙扎，痛苦，爬不起來。」男人笑著回答，「人都是這樣子的。你深陷其中，自然眼觀不清，耳聽不明。我的話只是一股推動力，最主要的當然還是你自己的決定。」兩人的感情由淺轉深，就是從這一刻開始。

男人每逢周末就帶著女人跟兒子到處去玩，對男人來說，他不需要對女人付起家庭責任，又可以同時享受家庭溫暖，自然很高興擁有這一段意外的感情。對女人來說，她過得再獨立，再如意也總有需要男人的時候。尤其面對兒子，她的教導也需要有個像父親的角色來幫她忙。她一個人有時也沒有辦法同時承擔母親跟父親的責任，既然男人不排斥，願意陪她跟兒子，她也樂得願意承認這段感情。

這樣無風無浪的太平日子過了兩年之後，一切都很美好。男人對女人的心意已定，曾隱約的跟女人開口求婚，但女人對再婚一事並不熱中，她假裝沒有聽清楚，含糊的應付過去。女人越不在意，男人的心便越不肯定。也許怕感情生變吧，他後來乾脆攤明的向女人求婚。女人對男人的舉動並不意外，但是她聽完後卻一口拒絕。她冷靜的說，「談婚姻我怕了。我們現在這樣不是很好嗎？結婚又離婚，多此一舉。」男人說，「誰說我們要離婚的？」女人大方的笑著說，「我跟前夫當初結婚時，也沒有想過將來要離婚啊！」男人雖然不願意接受這項事實，但還是相安無事的跟女人相處在一起。

感情的絕裂是起於女人懷孕並堅持生下來，但又不願再度走進婚姻生活，使男人又傷心又傷情才漸漸出現裂痕的。當女人說「我願意生，願意養，要你操什麼心」時，男人真是火大了，他對女人大聲吼，「那我是幹嘛的？幫你播種的？」女人急於解釋，男人不聽，一腳踩了出去。女人事後曾跟男人致電道歉，男人不聽，女人並不勉強，想想也就算了。女人當時撫著隆起的小腹說，「孩子別怕，你會擁有全世界最好的媽媽……」她的心像桌上的玫瑰，紅得燦爛，她的愛情沒有明天，但是她的未來卻像屋外的陽光，充滿朝氣。

「媽媽，你問哥哥願不願意帶我溜嗎？」小女兒嬌氣的問。女人點頭。對著溜冰場大聲叫了哥哥的名字。哥哥走到他們跟前，女人對著哥哥解釋妹妹的要求。哥哥聽了，不耐的說，「你們女人真煩！」媽媽知道哥哥答應了，就幫小女兒穿上溜冰鞋。哥哥牽著妹妹的手，小心的走過去。女人看到這種情形，甜蜜的笑著說，「妹妹要聽哥哥的話，哥哥是一家之主哦！」兄妹兩人聽到後，同時轉頭看著媽媽，女人看到女兒圓圓的臉蛋猛點頭，她看到兒子一臉的汗水，但卻笑得非常燦爛。

新女性不結婚

男人求女人，「你可不可以答應嫁給我？我有什麼不好？很多女人巴不得嫁給我，你卻寧願選擇做我的女朋友。你知道嗎？你真的有些侮辱我。」女人笑嘻嘻的說，「那你可以甩掉我啊！」說話的口吻還帶著一點天真。所以，儘管女人說的話男人不是很喜歡聽，但是也沒有辦法對她生任何氣。「你喜歡折磨我。」男人委屈的說。女人看了有些不捨。她正經的回答，「我怎麼會折磨你，你是我愛的人啊！」男人聽到女人的話趁勢說，「哈！這叫做愛？你的愛就是叫男人一直求你嫁給他，然後你一直說『不』來傷害他。」「拜託！我不是一開始就跟你說過了嗎？談戀愛可以，結婚免談。你當初說好，我們才開始來往的。」女人嬌聲嬌氣的說。

女人說年輕也不年輕了，再過兩年就即將邁入而立之年。男人三十成家立業，這是多數人認為合理的現象。那麼女人呢？女人三十還不嫁，大家的古板印象是「這女人大概嫁不出去」了。但是，這套想法若用在女人身上可就行不通，因為女人是條件好而不嫁人。男人跟她求過不下十次的婚，每次都是被她用女性特有的軟功給抵擋回去。女人受過良好的教育，有一份安定的工作，而且是屬於高收入的族群。她的外貌不是最美，但是因為強烈的自信心，使她自然散發出一股氣質，深深吸引異性。在感情上，她沒有受過嚴重的創傷。不過，這不代表她沒有被男人欺騙過。女人說，「感情本來就是你負人，或是人負你，這有什麼了不得的。重要的是你自己的態度，如果一直陷在痛苦的泥沼裏，就永不能翻身了；如果看開了，把這些創傷都視為人生的旅途裏無法避免的一課，當然可以快樂的繼續往下走。能共結連理固然很好，但是這世上也有很多夫妻是披著婚姻的袈裟，卻不幸過著痛苦的日子。人生苦短，何必自尋這樣的罪受呢？」

女人固定來往的好朋友，情況跟她都不太相同。去年聖誕節大家相約一起吃飯。女人一身艷麗的打扮走進餐廳，很快就引起用餐的人的注意。當她坐下來時，其中一個朋友就自我解嘲的說，「就是說你們這些女人都不結婚，每天花枝招展，這裏吃飯，那裏喝茶，讓我們這些結了婚的女人後悔萬分，沒事結什麼婚，還生個小麻煩來惹事生非。」說完就在女兒臉頰上輕輕的捏一下，表情沒有後悔，卻是一臉滿足的模樣。女人笑她，「說麻煩還一臉高興的樣子，倒好像在跟我們這些沒有結婚的女人炫耀，你有個小寶貝似的。」說完後，就轉頭向另一個單身的好朋友說，「你說是不是？」單身的朋友回應，「就是啊！」

女人笑著對結婚的朋友說，「早知道你會帶小朋友來了，所以我帶了禮物。」女人一邊說一邊從桌子底下拿出一個紙袋，送給小朋友。結了婚的女人說，「你這麼喜歡小孩子，幹嘛不自己生一個？女人說，「有啊！等我準備好了」「那我們什麼時候喝你的喜酒？」結了婚的女人問。女人笑咪咪的說，「沒有喜酒，只有滿月酒。」結了婚的女人叫了出來，「你發神經啊！結婚有什麼不好？」女人還是笑著說，「沒有不好，只是不適合我。」結了婚的女人把箭頭轉向另一個單身的朋友說，「你，還有你，跟一個有家室的男人鬼混，卻不正經的找個男人嫁，為什麼？」單身的朋友笑笑的說，「你就會逼婚，卻不知道我找不到適合的男人可以嫁的煩惱。我不覺得我現在這樣有什麼不好。你想想看，我一個禮拜就跟他見兩次面，每次就聊些我們想說的話題，或上我們想吃的館子；看看電影或聊聊工作上的事，我就心滿意足了。我又沒有要求他一定要離婚娶我，我也不想因為適婚年齡到了就找個人隨便嫁，一輩子過得痛苦萬分。」「你聽到沒有？」女人趕快表態，表示她百分之百支持單身朋友的看法。「如果你可以規劃自己的人生，結婚只是人生旅途中的一個偶發事件，可做可不做，重要的是自己本身可以過得好好的，不是嗎？」女人加強的說。「算了，你們兩張嘴，我說不過你們。只要你們過得好好的，我也替你們高興。」結了婚的朋友無奈的說。

男人說，「你不嫁我，讓我很難做人。」「做什麼人？」女人問。男人壓低聲音說，「我朋友都說我被女人打敗，整天求你嫁給我。」女人也開玩笑的跟著壓低聲音說，「你本來就是啊！」男人像隻被打敗的公雞，頓時洩了氣。女人知道不該這樣笑他，就說，「新女性不結婚，你沒聽過嗎？」男人說，「沒有。」女人說，「不怪你，因為這是我發明的。」男人無奈的笑著說，「那你有沒有聽過，現在台灣的新男人都想變好，新女人卻都想變壞？」女人說，「沒有。」男人說，「這要怪你，因為這是報紙登的。」女人笑了，她說，「哦，重點是……」

男人叫了出來，「重點是你為什麼不結婚？」女人大笑，笑聲輕輕的飄過男人臉龐。

僞裝

男人在女人桌上放了一束紅玫瑰，放了一份禮物，以及一張卡片。女人辦公室裏的同事大概覺得他浪漫過度，因此對他同情的說，「再不成功，我幫你介紹一個條件比她更好的。」男人做出一個勝利的手勢，笑著說，「安啦！安啦！我跟她隱約談過，她好像沒有意見，到時候你們來吃喜酒就是。」說完就走出門去。這是男人第二次跟女人求婚，第一次是去年她生日時，男人僅送了花跟卡片，當場被女人無情的拒絕，女人拒絕的理由含糊不清，男人聽了一頭霧水。他向結了婚的朋友討教，這些過來人說，「你沒有戒指，怎麼感動得了她？」一語驚醒夢中人，男人拍拍腦袋說，「唉呀！我怎麼沒有想到戒指呢？」

女人走進辦公室，看到桌上的花跟禮物，立刻露出一臉笑容。她隨手拿了花聞聞，神情顯得非常愉快。女人先打開卡片，上面寫著，「你是我這輩子最愛的人，我要感謝你的媽媽在今天生下你，才能使我成為全世界最幸福的人。今天我不僅要祝你生日快樂，而且還要徵求你的同意，我們年底走進禮堂好嗎？我的愛除了表現在這束紅玫瑰上，寫在這張卡片上，還有盒子裏的神秘禮物，你打開看就會明白。當然，最重要的是我的心，我的一顆心僅屬於你。晚上我來接你吃飯，你可以檢驗我的心，看我有多愛你……」女人雖然很感動，但是有些不自在。她打開桌上放的禮物，輕聲叫了出來，禮物是一枚精心設計過的戒指，戒面上有顆心，上面鑲滿了碎鑽。女人看到禮物，淚水忍不住的掉了下來。同事跑過來恭喜她，她擦掉眼淚，笑著說，「現在說恭喜還太早哩！」有人回答，「你們女人有人追時，就神氣，沒有人要時就哭天喊地，說男人都瞎了眼睛……」女人笑著說，「等我哭天喊地時，你再來說我」接著把所有圍觀的同事全都趕走，說她要做事了。

女人把玫瑰放進一個透明的花瓶裏，她看著玫瑰，心思完全被不安佔據。她想起昨晚跟情人的對話，她怎麼能在今天又接受男人的求婚。女人的情人是個跟她一般年紀，留著一頭學生頭的美女。她跟她是在一家同性戀酒吧認識的，女人那天是跟一群朋友去的，他們這群女人吃飽沒事做，大家相約跑到同性戀酒吧開開眼界。女人那天就只認識她的情人，因為她美得有些不真實，引起女人的注意，刻意接近她，跟她閒聊，才做起朋友。原來在酒吧認識的人，沒有人會認真做朋友，但是女人很捨不得她，就經常主動跟她連絡。女人不明白自己怎麼會對另一個女人產生迷戀的感覺。她問自己，「你已經有個交往多年的男友了，他的感情很穩定，很真實，難道你還不滿意嗎？」

她跟情人的交往是循序漸進的。情人細心體貼，美麗聰明，女人覺得跟她說話都是一種享受，這下子她彷彿才明白什麼叫做不在乎「天長地久」的愛。自從女人跟她交往後，她就瞞著男友自己跟情人的真正關係。有一回，男友突然在禮拜天一早突襲她的住處，發現他們兩人親熱的同宿一床。女人趕快解釋她是一位好朋友，男人待兩人梳洗完畢，還很高興的帶他們兩人上一家五星級的飯店吃早餐。在用餐時，男人不停的跟情人詳述他跟女人的戀情如何穩定，他們對未來如何計畫。情人總是笑笑的說，「很好啊！恭喜你們。」女人在一旁聽得混身是汗，她不擔心男友，倒害怕自己不知如何面對情人，幸好，她總是笑，一點慍色也沒有。

早飯過後，女人以為情人將從她生命消失，成為歷史。她安慰自己正好可以回到從前的生活，不用面對這種矛盾複雜的感情關係。但是情人對她的態度卻一點也沒變，這一點使她很感動，更加捨不得放手了。女人跟男友，還有情人相處的感覺完全不同。她記得情人第一次到她住處留宿時，兩個女人躺在床上，隨意談心。情人聞著她的秀髮，柔聲的說，「你知道嗎？我覺得女人的頭髮最性感。古時候描寫女子頭髮的詩詞也很多，我曾經讀過一首關於女人髮香的作品，覺得美就背下來了。」女人說，「哦！可不可以背過我聽？」情人點頭。「青絲七尺長，挽作內家裝，不知眠枕上，倍覺綠雲香」情人說完後，還靠過來吻著她的頭髮說，「我想古人講的也許就像你的髮香一樣」女人被情人哄得很陶醉，她完全忘了外面的世界。到現在，她還依稀記得自己當時心裏那股悸動的感覺，很美，很難忘懷。

女人拿起話筒，撥了電話。電話撥通，男人的聲音從話筒裏傳來，女人說，「謝謝你的花跟禮物。」男人笑嘻嘻的說，「你不用跟我這麼客氣。你喜不喜歡那個戒指最重要」女人說，「我當然喜歡了。不過，結婚的事能不能再緩一緩？」男人一聽到這裏，聲音馬上明顯得降了音調。他說，「為什麼？」女人說，「我需要一些時間調整我的心情，結婚是一件大事，我不希望草草率率的嫁人，那對你不公平」男人說，「我不明白，為什麼會草率呢？我有你想要得一切，不是嗎？」男人停了一下，不確定的說，「你還愛我嗎？」女人趕緊說，「我當然愛你了，要不我要愛誰呢？」男人再問，「晚上我們還一起吃飯嗎？」女人笑笑的說，「好啊！你來接我」男人允諾。掛上電話，女人撫著胸口，聽到自己一顆心跳得好快，她無聲的問自己，「我該怎麼辦？」

傷心以後

女人氣呼呼的離開餐廳，留下男人一臉尷尬的面對服務生狐疑的眼神。女人走出餐廳，揮手叫了輛計程車，直奔回家。男人付了錢，走出來，發現女人早已不知蹤影，他嘆了一口氣說，「你以為我喜歡夾在中間當夾心餅乾？我是個男人，我也有自尊，你們兩邊這樣包抄我，我早晚會被你們給逼瘋掉。」他攔了一輛計程車，告訴司機開往天母忠誠路。接著從口袋裏拿出手機，打給朋友。電話撥通，男人說，「喂，出來喝酒，我請客。在天母忠誠路……」朋友在電話裏譏笑他，「有沒有搞錯啊！你這出了名的孝子到現在還在外面鬼混，你媽沒有打手機找你嗎？」「你們這群酒肉朋友，就只知道找我麻煩或利用我。現在我落難了，也不知道幫我想想辦法，還取笑我，你們算什麼哥兒們嘛！請你們還不如請美眉，他們花了我的錢還知道同情我咧！」朋友說，「開玩笑的嘛，幹嘛這麼認真呢？等一下就過來。」男人收線，自顧的說，「媽的，就欠人罵。」

女人回到家，立刻倒在沙發上。屋裏很安靜，女人猜想爸爸媽媽已經睡下了。她低聲的說，「幸好，否則又解釋不完了。」她一個人獨坐在沙發上，心裏又悶又氣。她覺得應該找個人來幫她消消氣，但是這麼晚了能找誰呢？想到男人的態度，女人的氣不禁又衝上來。她罵，「早知道你這麼沒有用，當初就應該拒絕你的追求。到了已經論及婚嫁的地步了，才每天跟我說什麼父母親反對。難道你不會自己決定嗎？如果找不到你父母親喜歡的媳婦，是不是就一輩子不要娶了？」女人越說越氣，她實在很想大聲吼出來，但怕吵醒爸爸媽媽，只好拿起沙發上的抱枕，捂住嘴巴，大聲喊著發洩出來。

躺在床上，女人不停的翻來覆去，怎麼樣也無法入睡。她有一腦袋瓜的思緒等著自己尋求答案。她想，「自己剛剛過了二十五的年紀，再怎麼樣也算年輕。如果跟男人分手，要再交男朋友也不算太難，幹嘛苦守著他，又要受他父母親刁難呢？」但是想到她跟男人從認識，交往至今，屈指一算也有五個年頭了。男人雖然不是女人最滿意的對象，但是比起朋友的婚姻中，離婚的離婚，有外遇的有外遇，她覺得男人的老實可靠，到底還是她最放心的要素，這也是她從沒有跟男人要求分手的理由之一。當然，她對男人的愛情還包含其他成分，其中包括男人穩定的收入以及家教良好的背景。一想到家教良好，女人不由得又嘆了一口氣。若不是他的父母親管得嚴，也許男人今天也不會是個奉公守法，一切遵循法規道德來行事的好男人；但也正因如此嚴格的管教，才使得男人如長不大的小男孩，永遠都是父母親的意見擺在第一位。

朋友曾經譏笑女人，說她如果嫁給男人就像嫁給一個還在伸手跟父母親要糖吃的小鬼，做什麼事都要問過他的父母親才算數。女人不是不明白，果真嫁給男人，日後煩惱恐怕多得無法計數。但是她跟朋友解釋，一個女人最重要的是一輩子的幸福。我愛他，我可以容忍他這方面的缺點。如果不要太計較，只當他是孝順父母親不就得了。更何況他現在經營的公司，都還是他父母親拿錢出來給他投資的，「拿人錢財手軟」這道理你們不明白嗎？等到那一天，他真正獨立了，我就好過了。再說，他的父母親早晚要走的，如果我現在不能忍受這種環境，隨隨便便找個人嫁，搞不好這才會真正毀掉我一輩子的幸福呢？朋友聽她說得很有信心，只好說些祝福她的話。其實女人自己何嘗有那麼大的把握，她只不過想說服自己，怕自己真的放棄罷了。她看過太多的怨偶，為了一些小事情，搞到彼此精疲力盡，好端端的卻把一生的幸福斷送在無謂的爭吵裏。有了真實的例子，她跟自己說，「我願意忍受。」

女人掙扎著睡不著，最後還是從床上爬起來。她打開抽屜，拿出相簿，一頁一頁的翻著。這本相簿裏放的都是他們兩人出遊時所拍攝的照片。女人看著照片裏的男人總是笑得很開心，彷彿對未來很有把握。照片裏的自己也總是把頭靠在男人肩上，似乎對他很信賴。他們兩人的一舉一動，任誰看了都要舉杯祝福他們。她猜不透，為什麼就他父母親無法理解兒子，要這樣折磨自己的兒子。女人對著照片說，「我就是愛他嘛！這樣的理由還不夠充分嗎？」女人說完後，腦筋突然一轉，她喃喃地說，「是啊！我就這樣跟他父母親說好了。我是愛他們的兒子才願意嫁給他的……」女人想著想著內心異常興奮，她拿起電話，撥了男人手機。女人跟男人說，「我想到一個辦法，我去見你父母親，跟他們說我愛你……」男人聽了，並沒有回給女人熱烈的回應。他只淡淡的問她，「你不生氣了？」女人看他反應這麼平淡，便也冷冷的問，「我的想法，你覺得如何？」男人說，「不是那麼簡單，我了解我的父母。」女人一聽，就大聲叫了出來，「你試都不試，就一味的說不行。我看你也真的沒種，既然這樣，那我們不要結婚算了。」說完就掛了電話。

電話鈴聲一直響著，女人睬都不睬。只聽見媽媽起來，嘴裏嘟噥著，「這麼晚了還有人打電話來……」女人用枕頭捂住頭，她不想知道男人跟媽媽說些什麼……

紅毯的另一端太遙遠

女人約好男人在婚紗店碰面。男人原來就允諾她。不管工作再忙碌，還是會推掉所有的約會趕過來。女人信了他的話，便忘記他上次毀約，讓她枯等兩個小時的難堪。她畫了妝，打扮的有如新娘子般，興高采烈的來到婚紗店。店員一看到她，立刻趨前打招呼。也許是因為店員太客氣，讓女人心裏覺得很舒服，所以當店員問她要不要先挑挑她喜歡的新娘禮服試穿看看時，女人不管男人還沒來，就毫不猶豫的一口答應下來。

女人要店員不用管她，儘管去招呼別的客人，讓她自己慢慢挑，挑好了會叫他們來，店員無置可否。店員離去前，女人又叫住她，叮嚀著說，「我未婚夫等一下會來一起挑禮服，他如果到了，你就叫他直接過來找我。」店員應聲「好」之後才離去。女人把每一件禮服都翻出來仔細的看，若遇到她喜歡的，就拿到鏡子前比對比對，若感覺還不錯的話，就先擱置在一旁，等未婚夫來了再一起決定。當女人感覺都挑得差不多，手臂也挑累了時，她才舉手看看手錶。不看還好，這一看她才發現時間不知不覺已經過了一個多鐘頭，早該在半個小時前就出現的未婚夫，至今連個影子也沒有見到。女人一氣，招呼著店員過來，她斬釘截鐵的說，「我現在要試禮服，你幫我看看，如果感覺不錯，我就訂下來。」店員親切的回答，「好啊！我沒有問題，我可以幫你看看感覺怎麼樣。但是你的未婚夫還沒來，你不等他嗎？」女人搖搖頭，只簡單的說「不用」，店員一看瞄頭不對，趕快拿了禮服讓女人進試衣間試穿。

女人謝謝店員的協助，並對著鏡子整裝。她拉拉衣服，確定自己看起來整整齊齊後，才打算離去。女人剛要推開婚紗店的大門，只見未婚夫匆匆忙忙的進門。一看到女人就說，「塞車塞得一塌糊塗，我已經儘量趕來了，還是遲到。來，來，我們趕快選禮服，選好後我們去吃飯。吃完後，我得送你回去，因為我還有一個PROJECT在趕。」女人看他一進來就拼命說個沒完，感覺有點厭煩，她悶在那兒不說話。男人說了好一會兒，才發現一直悶不吭聲的未婚妻板著臉不理他，他問她，「怎麼了？」女人忽然覺得自己很委屈，她覺得「不理」未婚夫，是對他最好的懲罰。所以，她仍舊站在那兒沒有接話。男人再問了一次，女人仍舊不理他，氣氛馬上變得有點僵。站在一旁的店員有點尷尬，為了生意她只好趕著做「和事佬」。她笑著對男人說，「禮服都選好了，也試穿過了。你們可以直接去吃飯，我想你的未婚妻一定很餓。」男人聽完店員的話，並沒有顯出一臉愧疚的樣子。他對著女人說，「我不是叫你等我來了之後再做決定嗎？」女人一聽男人這麼說，馬上頂回去，「等你，我等得還不夠久嗎？」男人這時也顯得有些火大了，他說，「我難道不想早一點來嗎？我在辦公室忙得要死要活是幹嘛？還不是為了你以後可以隨便逛街買衣服，買珠寶嗎？為了你可以不用煩惱生活，過得舒舒服服……」男人越說越大聲，女人越聽越委屈，而店員站在那兒只覺得自己灰頭土臉，她不曉得自己應該走好，還是留下陪女人。

男人對女人說完，便轉頭對著店員說，「禮服在那裏？拿出來再穿一次好了。」「哦，好啊！」店員像得到釋放，立刻跑開了。女人強忍著眼淚，放下手裏的東西，跟在店員身後面，拿了禮服進試衣間。女人一邊試衣，一邊想著，「這是我要嫁的男人嗎？老是以他的意見為意見，賺錢養家又怎樣？如果我不待在家裏，一樣可以出外工作賺錢。當初是他說好的，我辭掉工作，在家當家庭主婦，現在又來跟我邀功，說他為了我而犧牲。我都還沒嫁給他，他的態度已經如此誇張了，如果嫁給他之後，我看他只會變本加厲。算了，這樣的婚姻會幸福嗎？我為他付出的，他看不見，卻只在意他自己的犧牲。既然如此，那我就為他省事，讓他不用做牛做馬好了……」女人越想越釋然，禮服也越試越快。轉眼間，男人要看的禮服都已經試畢。男人一臉高興，不停的跟女人說，他已經可以想像結婚當天她一定非常美麗動人，女人對所有的讚美都表現得非常冷淡，離開婚紗店時，女人還瞧見店員用充滿同情的眼光目送她離去，她的處境連一個做店員的都替她覺得可惜，她還做什麼新娘呢？

「經理，二樓有個客人要見你，她說她是替雜誌社拍照的，想租我們的禮服……」女人說聲「好」，便直接去找客人。「哇！你就是經理，這麼年輕。」客人先客套一番。女人笑著說，「不年輕了。」客人說明來意，女人問她是給什麼樣的年齡層，什麼樣風格的新娘穿的，再逐一跟客人介紹。客人對女人的品味跟專業印象非常深刻，她建議女人來當他們的顧問，女人笑著拒絕了。客人覺得有些遺憾，她問女人，「你是學設計的嗎？怎麼對禮服這麼了解。」女人淡淡的說，「我是兩年前來試禮服時，才決定走進這一行的。」「那麼你結婚了？」客人又問。女人笑出來，她俏皮的說，「禮服試試，自己高興就好了，走進紅毯需要勇氣，所以我成了婚姻的逃兵。」客人說，「我看你會再走進紅毯。」女人儘管笑著，卻不接話。

做新娘太沈重

女人坐在男人身邊，像隻受驚的小鹿。面對所有的美食，她忘了下箸，只是警覺的看著大家對她品頭論足。

她半驚慌半驚訝的面對男人家的親朋好友，整個人完全失去思考能力，她只想飯局趕快結束，她恨不得馬上走。女人一顆心怦怦的跳著，混身都因為過度緊張而顫動著。女人不知道男人所謂的「見他父母親」竟演成一場親友大團員的肥皂劇。不僅男人爸爸那方的親友全都到齊了，連他媽媽那邊的姨婆婆，大舅公，小舅公都特意前來參加盛會。女人心裏雖然不舒服，但是看著男人滿面春風，看著未來的公公婆婆一臉喜氣，她也不忍破壞晚宴上的氣氛。她勸自己「熬熬就過去了」，勉強撐起笑容，陪著男人向他的親戚一個一個的打招呼。

好不容易熬到晚餐用畢，女人已經精疲力盡。男人的親友卻意猶未盡，還想拉男人再去唱「KTV」，男人下意識的看看女人，女人拋給他一個告饒的眼神，男人無奈的看看親友，遞給眾人一個「不行」的表情。舅公看在眼裏，開玩笑的說，「男子漢大丈夫，這麼怕老婆，將來會是聽老婆話的好先生。」大家一聽舅公這麼說，全都笑了出來。舅公的話原來是稱讚男人的，但是大家哄堂一笑，卻把女人的氣給笑出來。她一點都不覺得舅公的話好笑，她以為舅公是故意在大家面前譏笑男人，這不就等於在譏笑她嘛！女人的臉色黑了下來，雖然她儘量維持笑意，但是效果顯然不佳，眾人均看出了她不悅的神色。男人為了化解尷尬的氣氛，只好說，「時間已經晚了，大家都累了，唱歌的事先欠著，我們改天約了再去，到時候我請客。」說完便挽起女人的手，跟大家一一說再見。當男人拉著女人走到父母親身邊時，女人隨即又展開了笑容。未來的公公婆婆倒是大人大量，並不是很在意女人的悶氣。尤其是婆婆，拉著她的手千交代萬交代，要她有空再來玩，女人笑笑的說「好」，才跟在男人背後走出去。

「你們家一向都這麼熱鬧嗎？」女人一坐進男人車裏，便有氣無力的問。男人並不知道女人還在生氣，只當她是困倦了，所以漫不經心的回答，「我爸爸媽媽就喜歡熱鬧。每回家裏一有什麼事，他們就把全部親戚都請過來，大家歡聚一堂，高興高興的，就是這樣而已啊！」女人一聽，好不容易平穩的心情又開始慌亂起來。她提高音調說，「每一回？」男人意識到女人的話不平常，便轉頭看她。當他發現女人的臉色不是很愉快時，馬上改變語氣說，「也不是每一回。老人家總是喜歡熱鬧，尤其當我們都長大成人，也沒有很多時間可以陪他們時，他們自然而然會找這些親戚聚聚，打發一些時間。放心啦！他們人都很好，等以後你嫁過來之後，你也可以經常找他們聊天，多接近他們你就會喜歡他們。」女人聽完男人的話，神情雖然比較輕鬆，但是心裏的不安似乎並沒有減緩。

女人跟朋友談過這種尷尬情形，朋友已經結婚並有兩個可愛的小孩。她安慰女人，「中國人大部份就是這樣，一個女人嫁給一個她愛的男人，通常就等於嫁給他的一家人。」女人無奈的說，「若是一家人也就算了，但是我男朋友的情形好像是嫁給他們一個家族。我還沒嫁給他呢！他們家族的聚會就已經讓我感到害怕了。」「那也不用害怕成這樣，我剛嫁人時也不曉得如何跟我先生家裏的人相處。但是長時間下來，自然就可以找到一個適當的方法去面對。」女人笑笑說，「但願啊！」

第一次的拜會就讓女人感到害怕，但是當男人再度要求女人陪同他一起去拜見他的雙親時，女人還是欣然答應。她想，「總是要經過這個過程的嘛，也許就像朋友說的，習慣就好。」然而實際的情況並不如女人想的那麼容易。男人的家族聚會並不是只有簡單的，重要的場合才聚在一起。自從女人拜見過男人的父母親之後，男人三天兩頭就帶她去見他的長輩。那些長輩見了面就告訴女人要如何持家，要生幾個小孩，要如何教育小孩，要如何如何……。女人每次跟男人去見一回親戚，心就要冷一回。她真的不懂男人是不知道她的心情，還是要逼她去適應他們家的習慣。

女人在等男人開口問問她的感受，但等來等去就是等不到男人的回應。當女人拒絕陪他前去見親戚時，男人還不解女人的態度。他說，「為什麼不要？你不是跟他們處得好好的。」「你的眼睛是有問題嗎？你看不出來我不願去？」女人說話的口氣很重，男人聽得有些不高興。他說，「你嫁過來之後，他們就是你的親戚了，為什麼不願去？」女人聽了男人的話更心煩，她對他大叫，「你不要口口聲聲的說我嫁給你，我嫁給你，我還沒嫁給你呢？」男人口氣也不是很好的問，「你這句話什麼意思？」「沒有意思，我只是提醒你我還沒嫁你。」女人說。男人也火了，他說，「你不用提醒我，我很清楚。結婚這件事我沒有勉強你。」「最好。」女人冷冷的回答。

男人拉著女人的手，溫柔的說，「我爸爸媽媽邀請你到我們家玩。」女人笑著說，「我不是跟你說清楚了，你們家的親戚太難應付，等我想清楚了，自然會陪你回去。」「我已經等三年了，你還要多久才會想清楚，你乾脆直接告訴我好了，以免我期待又落空。」女人笑得很開心，她跟男人說，「其實我們何必結婚呢？我們這樣不是很好嗎？」「什麼！不結婚怎麼行。我姨婆說……」等男人說完，女人才笑咪咪的回說，「你看，我跟你說過了，我需要時間想清楚……」女人說完，男人立刻露出一臉懊惱的模樣。

女人窺心事

Lady's story

外遇篇

Affair

回過頭，原本已經挪開的步履頓了一下，旋又折回，女人走回化妝檯，停在鏡子前，細細的端詳自己...；「啊！你的眼睛太媚，一定做不來家庭主婦....」她悄聲的告訴自己。

被包的女人

陽光從窗外輕輕的灑進來，透亮透亮的，有些刺眼。

女人躺在床上，整個人縮進被窩裏，僅露出細白的肩；她半睜著眼，懶懶的，不想起身。漫不經心的，她輕輕翻個身，身邊空蕩蕩的，潔白的枕頭平躺在一旁，昨晚枕著她入眠的男人早已離去，僅留下一屋子的空虛替代昨夜的溫情。

「這樣也好」，女人心裡暗想。

她最害怕目送他離去，對她來說，每次的「相聚」與「別離」都是一次心靈的煎熬，儘管這樣的折磨她已經經歷了無數次，但仍會心驚的以為這會是最後一次相聚。他似乎懂得她的心事，總是在給了她一次又一次的溫柔後，安撫著她入睡；再趁著她尚未睡醒前，靜悄悄的推門離去，自然的，她從不過問他離去的時間。

轉過身，女人閉上微微睜開的雙眼；啊！她看見男人正擁著她，輕柔的吻著，從她的額頭一路親吻到她細白的頸，他的手輕輕撫摸著她的臉，儘管那樣的溫柔帶著一絲幸福的假象，震盪著她沒有任何防衛的心靈，吻得她每一寸肌膚都跟著顫動，她也絕不會叫自己立即甦醒，任憑自己沉醉在這樣美的意境裏。

睜開眼，望向化妝檯上，習慣的，桌面上一疊千元大鈔正在跟她對望著：「對啊！我是錢還是男人的奴隸，她問自己？」女人的意識這時似乎剛剛從夢境裏清醒過來。無奈的翻過身，她把頭埋進男人昨夜睡過的枕頭上，心裡輕輕哼著，「管它呢？被男人包養，起碼可以理直氣壯的僅屬於一個男人，好過賣身任意作賤自己啊！」，這時候還為自己的作為感到一絲得意，頓時感到羞愧萬分，心底暗暗叫罵自己「沒出息」。

男人現在在那裏？他會跟誰在一起？

也許在家陪老婆，陪小孩？也許……。

女人搖搖頭，哎！這種問題她早已習慣不去想；即使想了，也是自問自答的跳過去。沒有答案，沒有方向，她習慣在自己編造的理由裏悠遊自在的過屬於她過的生活；她天真的認為不用去追尋她害怕知道的答案，便安心的以為明天的日子仍舊可以像今天一樣美麗。

她問自己，

今天是星期幾？

是不是該起床了……？

或者應該出去逛一逛，再找個舒適的地方坐下來，吃一頓豐富的早餐，所有的心事，吃飽以後再想。

掀開被子，一雙白淨的腳踩著地板，順著浴室的方向走去；打開水龍頭，水嘩嘩的流著，像是唱著歌。聽著水聲，她的情緒突然像倒帶一樣快速轉著，她的腦海裏跟著閃過許多畫面，最後她看見母親溫婉的臉孔停留在她的意識裏，她的淚水開始順著顏面往下滴……。

女人拿起眉筆，順著修過的眉毛，細細描著，再拿起粉撲，往蒼白的臉蛋輕輕拍著，待抹上口紅後，臉上已經換了一層顏色；換上衣服，她走至化妝檯邊，順手拿起那一疊千元大鈔，塞進皮包，朝門外走去。

回過頭，原本已經挪開的步履頓了一下，旋又折回，女人走回化妝檯，停在鏡子前，細細的端詳自己：「啊！你的眼睛太媚，一定做不來家庭主婦……」她悄聲的告訴自己。

打開窗，風淡淡的拂過臉龐。

「好美的天氣」，她驚嘆！

垂下眼簾，一顆心飛得好遠。

浮躁

季節才剛剛跨入五月，天氣卻已漸漸熱了起來，女人斜靠在椅背上，一手支著頭，一手把玩著手上的打火機。她身穿一襲白色低胸罩衫，說話時身體會跟著輕輕搖晃，使得隱藏在衣衫下的乳溝若隱若現，煞是嫵媚。男人就坐在她旁邊，緊握她的手，臉上無限愛憐。屋內的氣氛跟屋外的天氣一般，有股說不出的「悶」，除了天氣「悶」，女人的心裏似乎也覺得很悶，她緩緩的舉起細白的手，輕貼在額頭上，隨即又伸進髮梢裏，攏了攏頭髮。男人彷彿察覺女人的心思，但還不到開冷氣的季節，只見他起身，走到電風扇前，扭動開關，一股涼風立刻掃過女人的臉龐，女人原來帶著緊張的情緒，像找到出口般的立刻得到舒解，只瞧她閉上眼，露出一個滿意的笑容。

男人走回來，立在她身旁，他說，「隨你說吧！只要我可以做的到，不要這麼安靜，你曉得我的心。」女人抬起頭，看了他一眼，隨即把眼神挪開，性感的嘴唇雖然帶著盈盈笑意，卻沒有開口說任何話。室內的靜謐更襯出了窗外人聲的吵雜，女人眼望著窗外，彷彿想弄清楚窗外究竟在吵些什麼？

男人執起她的手，放在胸口上，帶著無奈的口吻說，「你為什麼喜歡這樣折磨我，如果你要我做什麼，就直接開口，你曉得我的能力，你不說，我怎麼能懂……」。其實從昨晚認識她，他就發現她的話實在不多，他是第一眼看到她，就立刻迷戀上她，追著她問了老半天，她才給了他手機號碼。今天早上也是約了好久，她才答應中午一塊兒吃飯。用餐時，她常常眨著眼看他，彷彿很專心的聽他介紹自己；不過，她仍是很安靜的吃她盤中的食物，沒有發問任何問題，對他的描述沒有任何接腔，要命的是，她對他實在沒有一點好奇心，這點使他有點氣餒，因為他三十不到，已經創業做了老闆，論外貌，論事業，他都為自己的功力感到得意。

女人掙脫他緊握的手，起身走到窗邊，身體靠著牆壁，語氣輕緩的問他，「你一個人住嗎？」，男人跟隨著她的腳步，走過去停在她身旁，接著說，「對啊！這房子是最近買的，離我父母親很近，大家可以就近往來，同時又可以保有自己的空間，所以我很滿意。」男人說話時，不時揚起眉毛，看的出來他是刻意說給女人聽的，意思是：「我不壞，我很孝順，但又懂得享受生活」。

女人聽著他的話，垂下眼簾，默默不語，沉默使空氣更加黏稠，令男人更加難受。男人似乎已經漸漸失去耐心，語氣焦急的說，「Please，say something」，女人一雙眼深深的看著他，微笑的說，「啊！我先生已經給了我一切，但是沒有Passion，如果你願意，我只想要共度一夜，分手後，不要回頭，不要牽掛，不要任何留戀。」男人聽了之後，睜大了眼，驚訝的看著她，卻不知如何接話，外面蟬的叫嚷聲越來越清晰，像在宣佈——夏天的腳步越來越近了……。

一輩子都不變

女人搬了張板凳，獨自坐在院子裏。夏天的黃昏很美，隨著黃昏的來臨，天空的雲霞已漸漸脫掉白日那層藍色的妝，遠遠望去，天際正在偷偷的抹上一層淡淡的橘紅色彩，像一幅後期印象派的畫，非常撩人。女人的目光被深深吸引，昂首看了很久，仍然捨不得將目光挪開，雖然這美麗的黃昏，她已經不知不覺的看了三季了。

三年前，女人隻身從熱鬧喧囂的台北市區，搬到這鄉下地方。在沒有打擾任何人的情況下，靜悄悄的逃離開她原來的生活，「逃離」的相對意義是尋求另一個「開始」。她希望重新打造一個沒有雜音的生活空間，希望重新建立她的生活秩序，希望那個男人的身影，啊！從此消逝在她的生命裏。三年的歲月聽起來彷佛很長，但是，只要一閉上眼，那天的回憶卻像三天前的往事而已。

女人手裏捧著自己從前的日記，她緩緩的翻閱著，彷佛要把日記裏的每一句話都看個仔細。其實日記裏多數寫著她生活上「雞毛蒜皮」的小事，零零落落的，沒有一個完整性。但是，這些看似無關緊要的流水帳，卻一頁一頁的記載著她過去的心情。她是認識男人後才開始寫日記的，日記的第一頁寫著，「師父說，日日向東走，一回頭就是西了」。這是有一回她參加佛教的法會時，會上師父的告誡話，她記得師父當時還半開玩笑的解釋說，「人有時不能太嘴硬，這世上什麼事情都是可能的」她一聽，覺得有道理，便記在腦海裏。就在這次法會過後不久，她便愛上他，愛上已經娶妻生子的他。

她曾經說過，她決不會愛上「有婦之夫」，這是她「愛情法則」裏的唯一戒律。小時候，在母親身上，她早已體悟「分享」的痛苦，毋需母親的告誡，她會習慣性的提醒自己，幸福是不能三人行。可是，為什麼？為什麼還是掉進他的陷阱？她細聲問自己？是啊！男人是體貼溫柔的，當他三更半夜還拎著自己喜愛吃的東西，出現在門口時，誰能拒絕呢？一開始接受他的體貼後，便開始往下陷，長久下來，她早亂了分寸，以為自己跟男人還有明天，於是一幅幅共組家庭的畫面，就逐漸佔據她的心，使她失去理智，忘記還有另一個女人的存在。

如果不是男人的太太鬧到她教鋼琴的地方，打醒她的美夢，她會變成什麼樣子呢？也許一輩子被這份感情拖累，永遠不能翻身吧！她還記得那一天同事輕蔑的眼神，彷彿拿手指對著她的胸口說，「扮什麼清高，你就是破壞別人家庭幸福的女人……」。當時，她真恨死了那個鬧事的女人，恨死了她的同事，她逃難似的匆忙的離開。回家後，大哭一場，這真是她一輩子的羞辱。

女人闔上日記。閉上眼，男人的身影早已模糊，但是她卻還清楚的記得鬧事女人的臉孔。回想起來，她還是感謝鬧事女人和同事的輕蔑，當時若不是他們，她今天又怎麼能擁有這樣平靜的生活。男人對她說過的話，她全都記不得了，她只記得一句，就在事情發生的前一晚，男人擁著她，對她說，「我們一輩子都不變」。

女人望向天際，看著黃昏的雲霞，她淡淡的說，「是黃昏的美一輩子都不變」。

戴藍寶石戒指的女人

女人依偎在男人身邊，靜靜的望向窗外飛馳而過的台北夜景。這是往淡水的最後一班車，乘客零星的散坐在捷運列車裏，車廂內很安靜，台北人在渡過漫長的一天後，似乎都顯得特別疲憊。

女人年約四十上下，一頭長長的秀髮，因染了一層「栗子」色的染髮劑而顯得年輕。她長得瘦弱嬌小，依在男人懷裏，正好跟男人寬闊的胸膛成對比。男人伸出強勁的臂膀，一把摟住女人，男人把女人摟得緊緊的，使女人看起來像隻受困小鳥，飛不出男人的掌握。

男人是生意人，粗氣得很。他左右兩指肥胖的無名指，各戴著一只閃閃發亮的戒指，其中一個戒指還鑲著一顆藍寶石。戒指本身的設計就很粗俗，宛如剛從當舖裏，典當出來的貨色，意思是戒指ㄙㄨㄥ́到一般珠寶店都看不上。女人纖細的中指也各自戴著一顆白鑽和藍寶石鑽戒，樣式卻比男人手上的好看多了。從兩人戴著的戒指來看，感覺的出來他們在傳遞一項訊息，就像佈告欄上的公告，他們想要對外表明兩人的關係，但又不能在口頭上明說，只好藉由手上的戒指來說明一切。

女人縮回目光，看了男人一眼，發現他正閉上眼睛休憩。她低頭看看手上的藍寶石戒指，並伸手撫摸著，然後露出一個滿意的微笑。藍寶石戒指像一個具體的承諾，牽繫著她和男人之間的感情脈絡。

「我們在一起幾年了？」女人輕聲的問。

男人睜開眼，溫柔的看著她，「問這個做什麼？」男人反問。

「我只想知道你記不記得？」女人回答。

男人縮回摟抱的臂膀，牽著女人的手說，「從你二十八歲到我公司上班的那年開始，你自己用手數數看」。

「是啊！看我臉上的細紋，也知道不少年了」，女人故作輕鬆的說著。說過之後又不放心的補了一句，「你不會覺得委屈嗎？看我已經漸漸老了，皮膚也不比從前細嫩」。

男人聽出女人話裏的意思，「除了我老婆，就你一個人，現在流行跟那些幼齒的，我沒有興趣。你跟我又不是一天兩天的事，如果我老婆可以接納你，我也用不著這樣兩邊跑」。男人說完後，獨自笑了起來。

女人用力握住男人的手，男人的回答，使她淡淡的臉龐，浮現一片暈紅。她喜歡拿話試探男人，雖然她知道男人的回答，從來就不會令她失望，可她還是要問，彷彿每問一次，她心裡的委屈就可以減少一些。

「你老婆還吵嗎？」女人問。

「吵什麼吵，這麼多年都過了。小孩子上了大學，她也過得自由自在的，還有什麼好吵的？吵久了，人都會麻痺的……」，男人粗聲的回答。

「噓！你小聲一點，車上有人……」，女人提醒他。

男人點點頭。兩人的對話同時停下來。

「竹圍，竹圍到了……」，車廂裏響起司機的播放聲，女人坐直了身體，準備下車。夜越來越深，窗外亦越發顯得寂靜。

男人跟女人同時跨出車廂，男人突然問女人，「明天去修車廠看車子好了沒？小孩現在在淡江大學唸書，有時會搭捷運……」。

女人挽著男人的手臂，無力的點點頭。

等待的女人

女人憤怒的掛了電話，接著破口大罵，「什麼東西嘛！」。男人在一旁拼命的賠不是，女人別過頭，淚水突然滾下來，男人著急的說，「別哭，我求你不要哭」，女人卻哽咽的回說，「嗚——，都是你害的」。

男人走後，女人一人愣坐在沙發上，她有一肚子氣想發，但不知道該向誰發？兩手摀住臉，淚水從手縫裏流下來。她想起自己看過的小說裏，曾提過，「女人的淚水是珍貴的……」，可是為什麼自己哭起來卻像不值錢似的，拼命浪費。女人對自己說，「我其實不要他走的。但是，他若想走，我讓他留下，他還是要走呀！」。

女人跟男人交往近一年，在交往過程當中，男人的態度「時明時暗」。所謂的「時明時暗」是指：男人心情愉快時，會大方的表示女人是唯一的女朋友；但是當男人遇到事情不順時，便要女人離開他，並表示他不想被女人絆住，也不願女人被他拖住。女人曾經因為他的這番言語而大發雷霆，她說，「愛情沒有誰絆住誰，你怕被絆住，那你可以大方離去……」，當女人強烈表態時，男人又會唯唯諾諾的說，「不是啊！這不是他的意思」。

男人非常著重外表，他最鍾愛的名牌是" BOSS"，一套西裝標價二、三萬塊，別人一聽直吐舌頭，但是他拿出信用卡一刷，卻面不改色。這麼奢華的生活，跟他的收入實在不能成正比，所以，他不愛約會，而他也沒有多餘的錢，來讓他討好女人的心。幸好女人不是很在意這些物質上的享受，她要的是一顆心，一顆對愛情能夠忠誠的心。

男人著重外表的虛榮心其實很單純，他只是喜歡走在路上，因出色的外表，而收到路上女人投來欣賞的眼光。對於這樣單純的虛榮心，他沒有想太多，但是「桃花運」常常是伴隨著「異性緣」而來，當越來越多陌生女人向他示愛，他的心也越飄越高，到最後，心離了身體，他的魂魄已不知飛向那裏了。

女人發現男人的改變，是從這時候開始的。男人跟她說話時，常常心不在焉，約好見面時，也常藉故取消，女人等了又等，男人還是不出現。女人曾經告誡男人，「假設他愛上別人了，只要明說，她絕不為難」，男人允諾。所以，男人沒有表態時，她對他沒有任何懷疑。如果不是他CALL機上一個陌生的電話號碼，她不會主動去了解事實的真相。

真相是殘酷的，男人已經跟另一個女人來往了近一個月，而且第一次見面，對方就大方的送上一套"BOSS"的西裝。女人逼問男人，男人礙於面子「矢口否認」。女人是這樣愛他，她靜靜的等他默認。當女人不能從男人身上得到證實時，她主動打電話給另一個女人。電話裏，另一個女人並沒有否認，她明白表示，「男人已經對她表明心意，希望女人放棄；並責怪女人，這年頭男歡女愛都是你情我願，要女人別來找麻煩……」。

女人拿面紙擦乾了淚水。她自問，「我該怎麼辦？就這樣算了嗎？那一年的感情算什麼呢？愛情比一套"BOSS"的西裝還不值錢，說扔就扔……」。啊！當時說得多大方，多容易，想離去就離去，但是到了放手的時刻，才能體會心是痛的，只是這個疼痛要疼多久呢？女人閉上眼，她不敢去想像。

不能改變的事實

時序才剛剛邁入三月，但初春的暖勁已緩緩燃燒開來。女人跟男人攜手走在敦化北路上，幸好敦化北路林蔭成排，雖然熱氣襲人，但還不至於汗流浹背，令人難受。女人身著一套”ESPRIT“的春裝，整個裝扮看起來，在穩重端莊的氣質裏，還帶著一股年輕的朝氣。

男人問女人，「又買新衣服了？」

女人點點頭。接著又低頭看看自己的新衣。她會買”ESPRIT“的衣服是因為看到”ESPRIT“的老闆娘林青霞穿在身上好看。她想到報上登的，「林青霞自從嫁給ESPRIT老闆後，就特別喜歡捧自家品牌的衣服….」。

女人問男人，「女人嫁了以後，是不是都會改變？」。

男人不解，皺著眉頭反問，「怎麼變？變好還是變壞？」。

女人直接回答，「變好或變壞很難說，但總是會為先生改變！」

男人聽了，只輕淡的說了一句，「哦，那你呢？」

女人突然甩開男人的手，停住腳步，略帶嬌氣的回說，「那得看你什麼時候娶我啊！」。

男人隨著女人立在那兒，兩人原來徒步的興致突然僵住，三月的陽光還是熱氣襲人，路上還是行人腳步匆匆，車水馬龍……。

女人今年剛剛大學畢業，在一家外商公司上班。

唸書時，班上很多男同學的眼光總隨著她的身影到處跑，但是她的心裡只認定一個人；這個人是她上大一那一年，在KTV打工時認識的男人，從此她的心只繫在他身上。一開始，她只把男人當凱子，她賭定自己不會笨到把生命停格在為男人守候的畫面上，但事情的發生總是人算不如天算，男人對她一天一天的「好」，她的感情就一天一天的「深」。她原來可以承受，自己是他婚姻生活裏的第三者，她不在乎男人是不是可以完全屬於她，只要她跟他在一起時「快樂」就好。至於，他跟他老婆怎麼過，那是他的事，她也天真的認為自己不會成為他婚姻裏的殺手。

但是，快樂就像「無底洞」，怎麼填補，怎麼不滿足。

漸漸的，她越來越確信自己只深愛他一人。一個禮拜見他一次面，拉拉他的手，親親他的臉，已經沒有辦法像從前一樣滿足她，她想要更多，最重要的是——她想要「獨自擁有」，包括他的人，他的愛情。她吵過，她鬧過，她離開過；她也逼過男人做取捨，但是男人的答案永遠是，「我認識你時，已經結過婚，這是事實。我承認，你比我老婆年輕，聰明，但是她沒有做錯，錯的是我，她沒有開口要求結束，我不會主動提離婚」。

她哭過，她覺得自己被深深傷害著，可是她就是下不了決定離開他。每次的冷戰，逃離，結果總是她哭著在他懷裏而結束。她曾經試著改變他，但是成效不大，最後她對自己說，「我認命，我愛上他是個錯誤，我沒有辦法改變事實，只能遷就事實，錯也好，對也好，我就是愛他嘛！」。

男人牽起女人的手，女人沒有反抗，溫馴的跟著男人的步伐。

男人說，「怎麼又提這個話題？想那麼多，自尋苦惱，我知道在復興北路上開了一家布拉格餐廳，我帶你去試試東歐佳餚……」。

女人抬頭看了他一眼，微微笑著說，「敦化北路好美，將來我們老了以後，經常到這兒走走……」，說話時的口吻，還帶著一絲絲小女孩的嬌憨。

開BMW的女人

女人開著紅包敞篷的BMW跑車，呼嘯過台北街頭，非常招惹人注意。女人對自己惹眼的行徑，當然沒有任何感覺，而且她還趁著等綠燈亮的當口，透過深咖啡色的"香奈兒"墨鏡，隨意的觀看來來往往的人群。當她發現有人在偷偷的瞄著她時，她會狠狠的瞪著偷看她的路人。

車內同行的還有她的朋友。朋友笑她，「你隔著墨鏡瞪人，對方又看不見，誰曉得啊！」。

女人嬌縱的說，「我又不要他們知道，我只是要自己瞪著高興就好」。

朋友閉上嘴，沒有再開口。

女人長得頗有幾分姿色，才剛剛邁入而立之年，美麗依舊，只不過在個性上仍舊像十八歲的少女一樣，稚氣任性的很。她嬌縱的態度來自她的家庭背景；爸爸是個成功的生意人，所以她從小就吃好、用好。家裏來往的對象，永遠只有比他們家環境更好，她對交往過的男朋友沒有特別的要求，不過，至少在物質上都能滿足她的需求。

漂亮女人最怕遇上「不幸的事件」。二十歲那年，她母親因病去逝，父親少了賢內助，從此家裏的生意越做越縮減。女人受不了物質貧乏的日子，終於出走，打算在外頭另謀生路，後來靠朋友的關係，開始到秀場唱唱歌，跑跑秀。雖然知名度不高，但是憑著她的外表，生意還是應接不暇。這樣拋頭露面，靠臉蛋吃飯的日子渾渾噩噩的過了二年，她漸漸感到厭煩，但是沒有錢的日子，更令人心煩，所以，她只能「行屍走肉」的再唱下去。直到有一天，在秀場內遇見一個做進出口買賣生意的貿易商，貿易商願意供她想要的生活，才使她從秀場解脫。

女人跟朋友把車停好後，便走進一家牛排館。

「你點吧！看你要吃什麼，今天我請客」，女人吩咐朋友。

朋友仔細看了菜單，研究好久，還是不知道要點什麼。點貴了，怕不好意思，點便宜了，又怕被笑土。女人看朋友點了好久，還點不出個所以然，伸手拿過菜單，直接點了兩客最貴的「台塑牛小排」，還開了一瓶紅酒。

朋友問女人，「你都是這樣糟蹋錢的？」。

女人抿了抿嘴角，然後開心的說，「錢是拿來花的，況且這錢也不是我賺的，我那麼節省做什麼？幫人家存錢啊！」說完後，還故意挑了挑眉毛，以顯現她的春風得意。

朋友無可奈何的聳聳肩說，「那是你有這個本錢，像我呢？至今還在尋尋覓覓，散財童子還不知道在那裡呢？」。

女人問朋友，「上回你跟我提到那個男的呢？」。

朋友嘆了一口氣說，「他呀！早就被我開除了。什麼嘛！一個大男人，出門買個東西都要帶計算機，這種男人我才不要，我無法想像自己跟他過日子……」。

女人一聽，開口罵了，「傻瓜，喜歡計較的男人才好啊！」。

朋友看著她，不懂她話裏隱藏的玄機，聽得一頭霧水。

女人看出朋友的疑惑，向她解釋，「男人我見多了，什麼樣的男人對我們這種女人最好？出手大方的男人，你懂嗎？這些人雖然說不見得是壞人，不過卻很有可能背著老婆在外面跟別的女人HAPPY」。

說到這兒，剛好侍者將牛排送上來，女人趁機頓了一下。侍者走後，女人繼續說，「你跟我不同，我覺得自己的人生已經腐化了，我也沒有能力供自己過奢華的生活，我只能靠男人。但是你有一份工作，有能力照顧自己，將來找個先生平安的過日子，就不知比我幸福幾百倍，找先生就要找這種喜歡計較的男人，不會隨便把錢花在別的女人身上……」。

小牛排的香味四溢，很容易引發人的食慾，但是這一晚的「台塑牛小排」，卻吃得女人心裏百感交集，吃得朋友嘴裏好苦。

愛上不該愛的人

女人正在翻閱昨天剛剛買的書，是關於女性成長的心理叢書。她覺得自己實在需要心靈輔導，但台灣又不像美國流行看「心理醫生」，最省錢，最具經濟效益的辦法，當然是買書回家自己看看。書上說，「女人要自己尋找幸福的理由……」她翻著翻著，又覺得廢話連篇，感到無趣的很。於是把書丟一旁，自言自語的說，「原來我不是需要心靈輔導，而是需要有人陪我說說話，甚至聽我說話」。

女人獨自一人在家，感到百般無聊，她想工作，男人不贊成，她不是家庭主婦，也不用煩惱小孩的事。她曾經是男人外遇的對象，男人去年為她離了婚，但也不打算再結婚，因為兩人心裡都有數，他們的婚姻不會得到大家的祝福。他們的愛情在自己眼裏是「轟轟烈烈」，在親朋好友眼裏，則淪為「眾叛親離」的慘劇。她常跟自己說，「每一段愛情，不一定都有結果，但是有了結果又如何？也不見得是無怨無悔，相愛一生啊！」。

女人走向STEREO，隨手抽了辛曉琪的CD放進去。她走回沙發上，躺下來，靜靜的聽著辛曉琪的歌。她問自己，「為什麼辛曉琪的歌這麼多女人喜歡聽？是因為靡靡之音，朗朗上口，還是因為太多感情上失意的女人，藉由她的歌聲來安慰自己」。「這些女人都像自己嗎？」，她小聲的問，彷彿怕人聽見，但誰又會聽見呢？

女人從小被過繼給一位遠房親戚，因為母親生她時難產，幾乎斷送性命。父親聽了算命先生的話，認為女人命太硬，會剋家人，過繼給人，對女人，對家人都比較好。女人一路長大平安無事，家人也活的好好的，大家對算命先生的話深感佩服。女人書唸的不多，高中畢業後也不打算唸上去，平日閒著在家，一天度過一天。雖然養父母對她很好，但是小女孩長大後，還是會思念雙親，所以經常趁著不工作，不上學的日子回老家看看父母親。

母親為了把她過繼給別人這件事，常感內疚，因此每次她回來，總是在物質上儘量補償她。女人當時正值雙十年華，稍經打扮後，隱隱約約的流露出一股女人味，自然的，吸引不少異性的眼光，其中還包括她的小姨父在內。

她的年紀剛好是小姨父的對半。小姨父後來成了她的男人。

事情的起因是：有一回，女人照例回家探望雙親，正好遇到將外出的小姨媽，將她兒子送來，委託女人母親看顧。女人閒著沒事，也幫著照料。小孩子很喜歡她，後來小姨媽乾脆請她當小孩褓姆。女人想，反正沒事，便答應下來。也為此，她跟小姨父的往來便越來越頻繁，以至後來互生好感，產生情愫。

為了跟小姨父廝守，她六親不認，朋友全都斷絕來往。小姨父為了爭取諒解，一路走來心力交瘁。母親哭盡了淚，父親用盡了所有的責備，都不能喚醒她為愛情放棄一切的心。小姨媽恨死她了，背地裡說她果然是「掃把星」，父母親覺得愧對外公、外婆、小姨媽，苦口婆心的勸導，可是女人的心意已定，由他們去說吧！從此不回頭。

「愛上他不是我的錯……」，辛曉琪的歌聲，一句一句傳進女人耳裏，女人不知不覺的跟著唱，「愛上他不是我的錯……」。

歌聲停止後，女人下意識的抬頭望向牆壁上的時鐘，時間剛好走過七點鐘，她起身，走向廚房，邊說，「他應該快到家了吧……」。

第四者

小女人今年才十九歲，男人則剛好邁入不惑之年。

小女人自稱很早熟，沒有辦法欣賞同年紀的男孩子。她喜歡成熟的男人，比較不會對她說一些痴言妄語。男人說他不是壞人，他也沒有欺瞞她的感情，他喜歡小女人，因為她懂得他的心，也讓他重新認識愛情的魔力。

他們認識的過程平淡無奇，起因是小女人打錯CALL機，而碰巧男人回CALL，兩人被電話裏的聲音吸引，於是將錯就錯，在電話上閒聊起來，最後越聊越起勁，而捨不得收線。男人看穿小女人的心思，趁機提出互相留下聯絡方式，小女人雀躍萬分，馬上給他家裏的電話號碼，男人聰明，留的是手機。

小女人戀愛了。

男人的攻勢很簡單，沒事送上鮮花一束，帶她上上小館，看看電影，或陪她唱唱KTV，小女人沒有什麼心眼，這些甜蜜舉動，很快就擄獲她的芳心。小女人平日在一家便利商店打工，同事都是毛頭小子或純真少女，男人的專屬轎車接送，自然讓小女人出足風頭。男人越能滿足她天真的虛榮心，小女人對他的愛情就越來越依賴。終於，小女人發現自己無法離開他的愛，為了迎合他，她只好放棄自己。

「後悔」總是在事實被揭露後，才能深深體會，究竟自己犯的「錯誤」有多嚴重。小女人在跟男人共處一段時間後，會主動要求登門造訪，或陪他回家探望他的家人；她急於被承認，肯定。無可奈何的是，男人的態度總是曖昧不明。

她會為此發發小脾氣，只不過每回都被男人的甜言蜜語給哄騙過去。直到有一天，她接到一通莫名的電話，電話裏的女人，氣沖沖的表示她跟男人的關係，並且把她狠狠的臭罵一頓，小女人終於才明白自己有多愚蠢。

電話裏的女人，約了小女人見面，小女人害怕，表示不願意。但電話裏的女人堅持要見她，她只好硬著頭皮允諾。

小女人一走進咖啡館，只見一位裝扮時髦的女人跟她揮揮手，她便毫不猶豫的走過去。小女人剛一坐下，對方便開口，「你這麼年輕，多大了？」。小女人有些生氣，她認為對方不該以「年紀」為題，但見對方態度和善，口吻不見那天的火藥味，一顆不安的心也變得坦然，便直接回答，「十九」。

對方接著問，「你不知道他是有家庭的人嗎？」

小女人垂下頭，委屈的說，「不知道。如果我知道就不會跟他在一起」。對方滿意的點點頭。咖啡館裏的燈光很柔和，但是卻軟化不了兩人之間的陌生與僵硬的氣氛。小女人依舊低著頭，只求時間早點過，她迫不及待的想逃離咖啡館。突然地，她聽到對方嚶嚶啜泣的聲音，抬頭看她，只見淚水早已弄壞了她臉上的妝，小女人迅速的掏出面紙，愧疚的遞給她。

「你知道我跟他在一起多久了嗎？」，對方問小女人，

小女人搖搖頭。

「整整六年，你呢？」，對方說。

小女人開口，「六個月」。

對方聽完後，突然哽咽的說，「六年來，我沒有多做要求，我一心一意等著他離婚娶我……」。

小女人無言以對。對方接著說，「不行，我們一起來懲罰他，改天我把他老婆約出來，我們一起來揭發他的真面目……」。

小女人嚇壞了，趕緊說，「我希望這段感情就此結束，我不想要糾纏不清，也不會再有任何瓜葛……」。

男人打電話給小女人，小女人拿起電話，沒有出聲。

男人在電話裏急切的說，「我就要告訴你的，我沒有欺瞞你的感情……」。

小女人一聽，「哇」的哭了出來。

說謊的女人

女人一手抓起包包，趕著出門，走到門口，又不放心的走回臥房，照照鏡子，確定自己很美，才放心的推開門。走在路上，行人的眼光不斷的投過來，女人的美，太陽眼鏡也遮不住。

女人年紀很輕，看起來卻很成熟。她的美麗來自東西方的混合體，父親過去是駐台的美軍，與母親談了一場短暫的戀愛後，卻因中美斷交，連帶的切斷這場戀愛，而使她成為父不詳的混血兒。女人從小跟母親過著克難的生活，她雖然沒有責怪母親的意思，但也不特別親近。對於「父愛」這兩個字，她陌生的很；對於「貧窮」二字，她可是摸的一清二楚。

十六歲那年，她走在路上，被模特兒經紀公司發掘，從此走向伸展台，亦走向另一個人生。混血兒的臉蛋，混血兒的身材，都使她在走秀時，特別吃得開。她常笑話自己，「長這麼大，混血兒的臉蛋，沒有造福她；現在可要改口了，她今天能夠靠臉蛋吃飯，全是她長了一張跟大家不同的face」。

「運氣」是很奇特的東西，當你事事不順時，連喝水都會嗆著。但是當你好運連連時，就算打個噴嚏，大家都怕你得了傷風。女人越來越活躍，工作就越接越多，大家對她的不同，就越來越能接受。女人走出小時候的怯懦，走出小時候的困境，但是走不出沒有父愛的陰影。

她跟男人是在服裝秀結束後的餐會上認識的。男人是個家庭，事業有成的生意人，長得斯斯文文，一表人才，但出手闊綽，大方的很。女人看見男人的手筆，很是喜歡，但卻不表明什麼。自從踏進模特兒圈，她視野變寬廣了，外加身邊追求者眾，她也不急於把自己安定下來。倒是男人一見到她，立即表明對她興趣濃厚，約好了請她吃飯，女人欣然接受。

侍者替女人拉開椅子，女人一屁股坐下來。待男人坐好後，侍者立即送上菜單，女人看看，率直的說，「法國菜，我不會點，你來」。點好餐，侍者一離開，男人馬上從口袋裹掏出一樣禮物，送給女人。

女人看一眼，平淡的說，「什麼東西啊！」。

男人則緩慢的回答，「打開看看嘛！」。

女人一開，發現是一只勞力士鑲鑽手錶，驚訝的叫了出來。男人則得意的笑了。

女人說，「長這麼大，沒有人送過我這麼貴重的禮物……」。

男人說，「你喜歡就好，你喜歡就好」。

晚餐結束後，男人舉杯邀女人一起乾杯，女人說，「乾杯總得有個理由」。

男人回答，「好吧！那就預祝我們有一個新的開始」。走出餐廳，兩人手攜手一起走向對面的高級旅館。

「啊！好漂亮的手錶哦，很貴吧！」，一起走秀的模特兒大呼小叫的叫嚷著。

「嗯！走了一季的服裝秀，才換來的……，女人平淡的回答著。

走上舞台，閃光燈不停的閃耀著，女人手腕上的鑽石手錶，亦跟著閃閃發亮。

做夢的女人

女人的辦公桌就位在辦公室的陽台前，與員工的座位採用著透明的玻璃做隔間，五、六名員工就坐在她辦公桌前。雖然離下班還有三個小時，但是大家的心已經漸漸變得鼓譟不安，原因是：星期五——HAPPY DAY，下班後，大家都要去HAPPY。

女人就坐在她辦公室裏頭講電話。她全身靠在椅背上，說話的表情很多，不過，從她的神色上看起來，似乎不是很愉快。辦公室裏的五、六名員工全都是年輕女孩，大家隔著玻璃門，聽不到老闆娘講電話的內容，但是從她的表情，也大概猜的出來，她是跟誰在講電話。大家你看我，我看你，都不敢貿然出聲。

女人隔著話筒大聲說，「你不願意，你不願意，難道你要小孩子身分證上父親那一欄，就永遠填上父不詳。她今年要上小學了，你知不知道……」。女人霹靂啪啦的說了一串，便掛斷。之後，大家聽到電話聲又響起，但是沒有人敢接，電話聲響了十聲後，便自動停了。

女人今年四十不到，獨自撫養一個女兒。她擁有一家公司，是個女強人，所以公司營運不錯，每年都賺錢。她房子有了，積蓄有了，小孩有了，生活至此應該滿足了；但人生總是有失有得，她的遺憾不是沒有，最主要的是感情至今沒有依歸。她的男人，小孩子的父親，人在美國，而且也沒有打算回到他們身邊。

女人長得不是頂美，但是，是個做事有毅力，對感情能執著的人。她的男人是她的初戀情人，高二那年夏天，在一次校外的烤肉聯誼會上認識，從此糾糾纏纏了二十年。她常對自己說，「二十年算什麼，他們的緣份註定要糾纏一輩子」。

女人對男人一見傾心，因為男人長得高大斯文。年輕時的戀情本來就容易以外表做判斷，情有可原，沒有什麼大不了的。問題是，女人像被男人下了蠱，從此，一心一意只愛他一人，就算男人另娶伊人，她還是沒有改變她的情意。

女人跟男人曾經共度一段快樂時光，不幸的，男人家裏反對他們交往，男人沒有抵抗，並且隨後跟著家人移民美國，沒有多久，便在當地娶了一個長像比「普通」還要「普通」的有錢人家女兒做老婆。女人得知消息後，痛哭失聲，她曾經想過從此歸依菩薩，落髮入佛門，但是在家人的阻擋下，沒能如願。

男人在美國過自己的舒服日子，開的是賓士320，住的是大洋房，擁有一艘自己的遊艇，更幸福的是——擁有一個溫馴的老婆伺候他；但是，他還是不滿足。兩年後，他因公事回台灣，主動找女人相聚，希望博得女人的諒解。女人耳根子軟，自己找了一百個理由原諒他，並且不計名份，委身於他。重投男人懷抱，使她快樂的忘記，過去這兩年行屍走肉過活的痛楚。

女人跟男人隔著海洋，偷偷的恢復來往。當男人老婆知道後，曾經以死威脅，男人當然不敢輕舉妄動。他只能百般安撫女人，希望她體諒，希望她等。

等待的日子一年一年的過去。由孩子出生等到孩子預備上學，孩子仍舊從母姓，父親那一欄依舊空在那兒，孩子還是在等答案，女人還是在等哪天男人帶著她和孩子，一家人乘著遊艇出航，航向自由。

女人嘆了一口氣，走出辦公室，望著這群等待著下班，準備去HAPPY的年輕女孩，她莫名的羨慕起來。她問自己，「如果一切從頭來過，你會做什麼選擇？」

女人竊心事

Lady's story

閨怨篇

Lonely

一進了廚房，男人的吻便像大小雨滴一般直落在女人身上。女人忍耐許久的慾望就像決了堤的河水找到出口似的，也熱烈的回吻著。她渾身的血液在噴竄，她的慾望在燒，她的人也跟著一起燃燒。

逃婚

女人站在爐灶前，手拿著鍋鏟，一邊炒菜，一邊想著心事。她想，「如果自己當時決定嫁給那個男人，今天還會不會是這樣平淡無聊的過日子呢？」想到此，她嘆了一口氣。把心思從神遊裏拉回現實，她拿起鍋鏟用力炒著鍋裏的菜。炒了好一會兒，突然聞到一股焦味，她定睛看著鍋底，嚇了一跳，一盤香噴噴的薑絲炒肉片差點被她一時的失神給炒焦了。匆匆忙忙的拿起盤子，她趕緊將鍋內的薑絲炒肉片放進盤裏，端到餐桌上。

做好飯後，她獨自坐在客廳裏等著先生回家吃晚餐。小孩在嬰兒房裏睡得很安穩，她一個人悶坐著感到有些無聊。這時候是下班時間，路上交通一定混亂得很，何況先生又沒有明說他要不要回家吃飯，女人不確定自己是不是應該繼續等下去。她起身走進嬰兒房，看著睡得很安穩的小孩，眼眶突然湧出淚水，淚水滴在小孩紅咚咚的臉頰上驚醒了他。小孩被嚇到，哇啦一聲就哭了出來。

大約三年前，女人跟男人在雙方父母親的安排下匆忙的訂了婚。女人一開始對這樁婚事沒有持太多反對意見，因為母親總是對她說，「這樣的男人最好，老實木訥，為人誠懇，不會有太多花樣，你才不會過得辛苦。難道你要像你表姐這樣嗎？先生雖然長得好看，家裏環境又好，結果咧，還不是三天兩頭往娘家哭訴，你姑姑都快受不了了。」聽完母親的話，女人沒有多說什麼，任憑家裏為她安排她的婚事。她表面上雖帶著笑，但心裏卻苦得很。因為女人在這時剛剛認識她先生，先生長得一表人才，為人風趣幽默，很得女人歡喜。女人曾經帶他到家裏做一回客，母親對他意見很多。女人一時心慌，只好向家人謊稱兩人僅是普通朋友，要母親放心，勿須擔心過多。但因為自己迷戀先生，所以私下又背著家人跟他偷偷來往。

當母親對她提出對方要求訂婚一事時，女人跟先生已經暗中來往了一段時間。巧合的是兩人當時正在為將來的「結婚計畫」鬧彆扭，女人心思一轉，心想，「既然你不願意讓步的話，那麼我就利用這個機會懲罰你一下，看你怎麼說。」於是她答應母親考慮看看。當她對先生提出有人向她母親提出「訂婚」這檔事時，先生竟然無所謂的回她，「好啊，要訂就去訂吧！」她一氣，果真就答應下來。訂過婚後，那個男人，亦即是她一無所知的男人，就開始進入她的生活。她沒有拒絕，但也沒有感覺，任由男人在她的生活裏來來去去。男人絕對是個好人，對她非常有耐性，他沒有抱怨過女人的冷淡態度，也沒有要求女人一定要做相對的付出。從他們訂婚的那一刻起他就給了女人他的一片真心。母親對她的決定感到非常安慰，認為女兒的下半輩子從此將幸福快樂。

母親以為她理解女人，殊不知她也有掌握不了女兒心思的時候。女人訂婚之後便顯得越來越不快樂。尤其當女人看見表姐和她先生甜蜜恩愛的模樣，女人的心坎裏就像有一百隻蟲在那兒鑽動著，令她難受得很。她想起先生俊秀的臉龐，風趣的談吐，她的一顆心便噗噗跳個不停，她的內心非常清楚自己愛的人是誰。但是訂婚一事就像劍在弦上，不得不發。她沒有權利做任何決定，所以她也不想去做任何行動，她唯一能做的便是一心靜待事情的發展。

漫長的等待雖然難熬，不過女人畢竟還是等到她想要的人。先生是在婚禮舉行的前一個禮拜來把她帶走的。女人一見到先生整個人都跳了起來，她不相信自己的眼睛。先生把她溫柔的摟在懷裏，只簡單的問了一句，「你願意跟我吃苦嗎？願意一輩子在我懷裏嗎？」女人溫柔的眼神裏充滿著淚水，她拼命的點著頭。她知道她只有這次的機會，沒有交代任何話，也沒有驚動父母親，她悄悄的跟著先生走了。事發後，母親萬分激動，也感慨頗深，她哭著說，「女兒已經長大了，管不住了。說走就走，難道這世上還有比親情更重要的嗎？為了一個男人，她可以丟下一家人。我這麼辛苦幫她安排，難道是幫我自己嗎？她就這樣出走，叫我怎麼做人……」女人是在小孩出生後才敢回家探望父母親的，她沒有過問家人怎麼解決她逃婚這件事，父母親愛孫女、愛女兒，不想再追究以前的事。但也不過問她先生的事，只在談話當中問女兒過得好不好？女人沒有回答，只是流著淚的點點頭。

「啊！到底要不要繼續等下去？」女人問自己。自從結婚以來，她那俊秀的先生便有意無意的冷落她，常常過了晚飯時間，還見不到他的人影。她習慣等，等他回來吃飯，等他回來過甜蜜恩愛的日子，等他回來愛她。等不到時，她會安慰自己，「先生只是在報復當初她不該跟他嘔氣，跑去跟別的男人訂婚，讓他失足了顏面後，又讓他低聲下氣的求她回頭……」安慰的話當然只能說給自己聽，女人不知道未來會變得如何，她不想去想。但是，她偶爾會在閒來無事時，輕聲問自己，「如果當初就嫁給那個男人，那麼我會不會比現在過得更好？」女人不敢往心底去想，當然她也明白，她想不出個答案來。

三個兒子的女人

女人今年四十不到，獨自養育三個兒子，大兒子今年不過十四歲，正在讀國中二年級，二兒子十二歲，國小六年級，小兒子十歲，國小四年級。女人的先生去年因病去世，沒有留下任何債務，也沒有遺留任何財物，只留給女人三張嘴，三張需要填飽的嘴。女人沒有怨言，因為三個兒子都是她的寶貝。

二十年前，女人才嫁到這個村落來，先生是個建築工人。那時候，村裏蓋的房子，多數還是以瓦房居多。鄉下人家，有時三餐都顧不上，那來多餘的錢蓋新房，因此先生的收入時好時壞，很不安定。先生在家裏排行老大，由於公公早逝，養家的責任，先生二話不說，一肩扛起。婆婆雖然人很好，但是嗜賭如命，因此先生賺的錢不是養家，就是還債。所以做工多年，依然沒有攢下一點積蓄，做為娶妻生子用。

女人剛嫁過來時，小姑和小叔年紀都還小，只能等著被照顧。家裏窮得米缸不見米，倒是曬了一屋頂的蕃薯籤(把蕃薯削成一絲絲的形狀曬乾，大小類似現在的薯條)，窮人家當然不可能有田產，更別提房產了。女人先生家卻是窮到連住的地方，都僅是租來的三間瓦房而已。女人跟先生新婚燕爾，理所當然單獨住一房，最小的一間瓦房則拿來當廚房用，僅剩下來的一間就是婆婆跟小姑、小叔共住了。

新婚夜晚，本來應該是愉愉快快的等著跟先生恩愛，但女人卻獨自坐在床頭上拼命流著淚。她的心裡充滿了害怕與不安，對於往後的日子，她還沒有一個頭緒，不知道應該如何過。先生看在眼裏，雖然不是很高興，但也不怪她，他可以理解女人的心理。何況他內心也很不捨，畢竟女人當時二十不到，認真說來，還是個半大不小的鄉下少女而已。

有人說女性的毅力是天生的，尤其在做了母親之後，更為明顯。這句話拿來應驗在女人身上，再恰當不過。女人從少女變少婦後，只知道不停的做，婆婆伸手就給，小姑和小叔需要就買，她沒有想過自己的家庭，或替未來做任何打算。

一直到她懷孕，以及生了第一個兒子後，情形才開始改觀。每當夜深人靜，先生和兒子正在酣睡時，她便開始思考，將來怎麼辦？兒子會一天一天的長大，負擔會一天一天的沉重，她必須想出一個對策來改善他們窮困的生活。思考了幾天幾夜，她終於下了一個令先生火大萬分的決定——他們一家必須搬出去住。

當她跟先生和婆婆說明她的決定時，平日總是笑咪咪的婆婆，突然一改常態，把她當場臭罵一頓。婆婆說她是個下賤女人，故意破壞她跟兒子的感情。婆婆的咒罵，雖然不堪入耳，不過她是可以理解她的心情，所以忍一忍也就過去了。她最不能釋懷的是當先生聽了之後，即當著眾人的面，賞她一巴掌。她哭著奔回房間，把自己反鎖在房間，整整哭了一天一夜。不過疼愛她的先生，最後還是讓步了。先生讓步是因為知道他自己有家要養，不可能一輩子扛著弟弟妹妹的沈重負擔，何況弟弟妹妹總會長大。如果不是女人當時的堅持，恐怕他們今天還不會有自己的房子可以住。

很多年後，女人依稀記得是最小的兒子剛生下沒多久。有一晚，夫妻兩人躺在床上聊著家務事，先生突然把她的手抓過來，放在胸口，並溫柔的對她說，「這一切都要感謝你。我能有個溫暖的家，有三個乖兒子，你最辛苦……」。女人聽了之後，心頭感觸一來，她的眼淚就順著顏面流下來，淹濕了枕頭。她別過頭，不想讓先生看見她流淚的臉。她辛苦這麼多年，為家付出這麼多心血，她要的只不過是先生的「愛」跟「理解」罷了。而她等了這麼多年，到底還是聽到了先生對她的讚美。

女人跟先生十幾年，從沒有享受過一天日子。先生過世後，一家人的生活，又全都落在她身上。她知道唯有把三個兒子養大成人後，身上的重擔才能放下。她對於自己的婚姻生活從來就沒有怨言，雖然跟先生過著苦日子，但是先生疼她，愛她，從來就不曾給她氣受。在先生闔上眼的前一晚，她一直守在先生床邊。先生費盡了全身力氣，流著淚向她道歉，他怪自己當年不該打她一巴掌。她聽了之後，哭著直搖頭。她伸出粗糙的手，撫摸先生枯瘦的臉頰，哽咽的說，「不要緊的，我早就忘記了。如果老天爺現在打我兩巴掌，能夠讓你的病好起來，我都甘願啊……」先生拿一雙哭紅了的眼睛，深情的看著她說，「下輩子吧，如果我們下輩子還能做夫妻，我做牛做馬也要讓你過得更幸福，更快樂。」

永遠的夫妻

半山上的冬天多數寒氣逼人，常常把路人冷得直打哆嗦。男人身著一件不薄不厚的棉衫，手拿著一把大掃帚，埋頭掃著地上的落葉。他自顧自的工作，完全不顧旁人狐疑的眼神。他耳裏聽到路過的小女孩輕聲的跟媽媽說，「啊！媽媽你看，那個老爺爺好厲害。他只有穿一件很薄的衣服耶！」媽媽也輕聲的回答，「是啊！有很多人買不起暖和的衣服穿。所以，你要覺得很幸福……」男人沒有抬頭看說話的是什麼樣的人，他只想早點把今天的工作做完。

男人大約六十歲上下，留著一頭小平頭，稀疏的頭髮，微微摻雜著黑白兩色，黝黑的臉龐也掩不住歲月的痕跡。儘管如此，男人看起來仍然健健康康，只因他有著一身壯碩的體型，想來他年輕時應該還滿有男性魅力才是。男人做了一輩子的清潔工人，若認真存錢，他應該可以過得還不錯。如果不是年輕時浪蕩，亂花錢，現在他恐怕可以退休，享受生活了。

那是三十年前的往事，男人當時正值壯年，在一處港口做捆工，收入頗豐。有人說，「男人手上最好不要有錢。一有錢，心就不安份。」男人大概就屬於這類型的人。做捆工的日子無聊得很，手上只要有錢日子就好打發。男人常常一領了錢，不是聚賭就到各色的風月場所裏去。他的習慣是先賭上一把，試試自己的手氣。一旦贏錢，就朝華西街的方向去，華西街那些抹濃妝，著短裙的鶯鶯燕燕一見到他，就會把他捧上天。如果手氣不好，輸了錢，便掉頭回家蒙頭大睡。男人在這種花錢如流水的日子裏虛度了好幾年，他沒有想過未來，他想要的只是痛痛快快的過眼前的日子。

但是太平日子不太容易維持。男人後來在華西街為了一個女人跟一群人火拼，當他軟綿綿的躺在地下時，是女人用嘶喊的叫聲，請來路人的幫忙，將他送到醫院，才救回他的一條命。而這個女人是他常去的風月場所裏，一個毫不起眼的幫傭罷了。過去，他連看都不會看一眼。不過，感情的事就是這麼微妙，男人過去看女人總覺得這女人真煩，沒事老拿一雙眼笑咪咪的看著他，常看得他直起雞皮疙瘩，每次女人的眼神一看過來，他就躲。但是當他從醫院的病床上醒過來，看到女人的眼神時，他突然覺得她好溫柔，好想把她摟在懷裏，對她說，「他粗人一個，不懂愛也不懂情，更不懂得珍惜。但是人總會需要一個新的開始，他不怕重新開始，就怕沒有機會。」

女人變賣自己的金飾，再加上過去的積蓄，湊了一筆錢便開始跟男人過日子。他們買了一棟簡陋的房子，男人找到清潔工的工作，生活就這樣開始。男人沒有想起過去，他對未來也沒有幻想，他還是只想過眼前他自己能過的日子。對女人的感情，他心裏非常明白沒有愛的感情會凋謝。當他由最初的感謝漸漸變得沒有感覺時，即使他很想對她再溫柔一點，但是腦海裏想來想去依然是當年讓他挨拳頭的那個女人。女人心裏也明白，但她從不說破男人的心事。她想，「誰敢搶她的男人，她幫他生了兩個大學生，她幫他安頓好一個溫暖的家，誰敢跟她搶？她跟他這輩子做夫妻做定了。」

今年半山上的冬天不知為什麼特別冷，但男人身著的棉衫還是跟往年一般不薄不厚。男人心想，「昨晚的風一定不小，看路上的落葉就知道。還是趕緊把落葉掃乾淨，明天就是假日了，來公園遊玩的人一定不少。」想到此，男人抬頭，望著光禿禿的樹，他嘆了一口氣。樹是沿著公園兩旁的小徑栽種的，夏天時，走在公園的小徑裏特別美。但一到冬天，清理落葉的煩瑣，只有男人曉得。收回視線，望向遠方，男人看見他的女人手裏正拿著一件外套，朝他走來，男人停下手邊的工作，等著女人走近。女人一走到他跟前就說，「兒子說明年畢業典禮讓我們兩個人都去參加……」，男人聽了只是點頭沒有接話。女人看著男人又說，「喏！今天真冷，多穿一件衣服吧！」男人手一接，真把衣服穿上了。

婆婆的問題

女人坐在房間裏哭泣，雖然隔著一層厚厚的牆，但她還是可以聽見外面婆婆的怒吼聲，一聲比一聲尖銳，一聲比一聲刻薄的傳進耳裏。婆婆的話完全是針對著她來的，所以那些話女人聽來就像利刃般，刺得她的心異常痛楚難耐。因此，她鼻子一酸，眼淚便潸潸的掉個沒完沒了。女人想到先生這時若在她身邊就好了，但是他人還在外面做生意。望著躺在床上睡得正香甜的女兒，女人心頭一轉，拿起話筒，便撥了起來。

電話一通，女人聽見母親的聲音在話筒的那頭叫了起來「喂，找誰。」女人一聽到母親的聲音，好像突然忘了自己也是母親的身份，她像小女兒撒嬌似的對著母親嬌弱的喊了一聲「媽」，話才剛要說出口，女人便無法控制自己的情緒，對著話筒放聲大哭起來。這一哭就好像決堤一般，把適才好不容易抑止下來的淚水，全部都逼出眼眶外了。她對著話筒哭得很傷心，哭到她沒有辦法再說下去。

還是母親懂自己的女兒，她也不說話，就讓女人繼續哭，她知道女兒哭夠了自然會對她說她心裏的事。她在話筒那端耐心的等著，直到她聽到女兒輕輕吐氣的聲音，才問，「你先生呢？」女人回答，「還在外面做生意。」母親再問，「你婆婆呢？」女人一聽到「婆婆」這兩個字，像個受驚的小孩，又開始哭了出來。母親安慰她說，「不要緊，媽媽都曉得了……」

女人跟母親掛了電話，才感覺到自己真是哭乏了，躺在床上，溫柔的抱著女兒便沉沉的睡去。隔天一早，她照常起來弄早飯，丈夫什麼時候回來的她都不知道，只見丈夫抱著女兒睡得很沉，他跟女兒的鼻息一聲接一聲，女人聽了，露出微微的笑容，感到非常滿意。女人整好裝，走進廚房，婆婆已經起來在做早飯了。她走過去，喊了一聲「媽，早」，便接過婆婆手裏的工作，婆婆偏偏不放手，但嘴裏卻故意說，「人呢，若不能吃苦，就不要嫁人。一旦嫁了人，就要懂得認命，三天兩頭的往娘家告狀，還不如搬回去……」女人一聽，放下手裏正要擺好的碗筷，衝回房間，拉起先生，兩手掩面的哭了起來。先生在睡夢中，突然被人拉起來，迷迷糊糊的直問，「什麼事，什麼事？」

先生無奈的說，「哎呀，我媽媽就我一個兒子，你嫁進我們家，她難免會擔心兒子被媳婦搶走，會害怕兒子的心不會向著她，所以處處找妳麻煩，妳就多擔待一些嘛，不要跟她老人家太計較……」女人一聽，抬起淚汪汪的臉，委曲的說，「你媽媽就你一個兒子，我媽媽就有很多女兒嗎？你知不知道，你媽媽自從小孩出生後，就不停的找我麻煩。如果她是不高興我生一個女兒，可以直接說出來，不用拐著彎折磨人。如果她是跟我搶你，那我就更不懂了，兒子結了婚就應該有自己的家庭生活，跟她一起住，已經是我最大的讓步了，難不成……」女人停了一下，才小聲的說出，「難不成，她升天之後還想將你帶進她的棺材裏去。」女人一口氣說完才真正停了下來。男人聽了她的話非常不高興，他口氣不悅的回答，「一大早你在胡說什麼啊！再怎麼樣她也是養你先生長大的人啊！那麼你要我怎麼做呢？你直接跟我說好了。」，女人也知道自己說話過份了點，低著頭不吭聲，男人嘆了一口氣，便躺回床上，蒙頭繼續睡他的覺。

女人在哭哭啼啼中度日，她曾經起了離婚的念頭，但是小孩怎麼辦？她不想留下女兒跟這樣的奶奶過日子。何況如果她就這樣隨便的放棄她的婚姻，那豈不是成全了她婆婆的如意算盤嗎？她不忍心，也狠不下心丟下小孩跟先生不管。但是她只要想起先生一付不干我事的態度，她胸口就好像有一把火在燒。在離與不離的矛盾掙扎中，女人隱忍的過日子，她按照先生的吩咐擔待再擔待。但是就算如此，婆婆還是不想讓她安靜的度過每一天，大小事情都能惹出一堆麻煩來，她越忍，婆婆就越過份。直到那天晚上為了女兒喝什麼奶粉婆媳兩人僵持不下，婆婆堅持要女人泡她買來的奶粉，女人不願意，她解釋小孩不能隨意更改她喝的奶粉，會不習慣。婆婆卻聽不下，非要女人聽她話不可。女人長期累積下來的怨氣在那一刻全爆發出來，她不知道自己那裏來的勇氣，把奶瓶往地下一摔，衝進房間，稍微整理一下東西，抱起女兒，直接往外衝。

婆婆堵在門口，憤怒的說，「你要出去，就自己出去，把小孩放下。」，女人也憤怒的回答，「你有什麼權利要我把小孩放下，小孩是我跟你兒子生的，不是你跟你兒子生的。你生的兒子我留給你，我生的女兒我要帶走。」，女人砰的一聲把門關上，留下一臉愕然的婆婆。

「喂，媽媽，是我……」男人的聲音在電話的那頭響起，口氣微微帶著不安。女人母親在電話的這頭平和的對男人說，「如果你們沒有搬出來，他們母女不可能搬回去，你要維持這段感情，你媽媽就要做犧牲。你已經有自己的家庭了，無論如何都要替他們母女著想……」女人坐在母親身旁，聽母親跟先生對話，她很想接過話筒，卻不知道自己該說什麼。母親放下話筒，女人無力的看著母親，眼眶有淚水在打轉。母親一臉慈愛的看著女人，堅定的表情卻彷彿在告訴她，「不能妥協啊，你的婚姻才會有明天。」

正午的陽光

七月的太陽本來就很惡毒，正午的陽光當然更是饒不了人。在鄉下地方，農人原來的作息就是跟著太陽轉的，所以在這炙熱的七月天，大部份的農人為躲避太陽曝曬的熱力，總是不到正午時光便提早回家休息。趁著涼快時舒舒服服的吃個午飯，再好好的睡個午覺，以備下午有足夠的體力繼續工作。因此遠遠的望向整片田地，空空蕩蕩的沒有半個人影，只有女人微胖的身軀，孤孤單單的佇立在田地裏。

女人頭帶著斗笠，斗笠外圍再用一條頭巾緊緊包住，以防止陽光的照曬。儘管保護嚴密，女人的顏面仍舊因為長期受到陽光的曝曬而顯得黝黑。女人原來就生有一雙黑澄澄的大眼睛，再加上她一身健康的膚色，所以外人第一眼看到她時，常會誤認為她是平地山胞。在鄉下，大家通常認為山胞比較土，比較窮困，所以總有些不實的偏見。但是女人對於自己是不是山胞彷佛不是很在意，因為她知道她是迷人的，否則為何那些鄉下男人每次一看到她，就大呼小叫個沒完。

女人鋤完稻田裏最後一行雜草，放下手裏的鋤頭，坐在田埂上休息。她解開頭巾，摘下斗笠，斗大的汗珠立刻順著她黝黑的臉頰流下。女人拿起頭巾抹去臉上的汗水，順便拿起斗笠開始搧起風來。她一邊搧風，一邊自言自語的說，「天氣這麼熱，這樣做下去還得了。」說完後，她下意識的看看手錶，才發現時間已經有點晚了。她起身，喃喃的說，「唉喲，得趕快回家做午飯囉⋯」把斗笠重新戴上，直接往家的方向走去。

女人年紀還不到三十，卻已經養了三個小孩。由於先生是跑遠洋漁船的船員，常年累月不在家，因此打理整個家的任務幾乎都落在女人身上。女人並沒有怨言，反正先生是為了賺更多的錢養家。她唯一難受的是先生常年不在身邊的落寞，常使得她在夜半時分夢醒時，特別令她感到孤獨無助。過去，她曾經因為這份孤寂感，差點使她接受外面男人的誘惑。那個男人的溫柔慰藉幾乎害她把持不住，如果不是當時小孩的叫嚷聲把她帶回到現實裏，她想她可能就此掉進男人設下的慾望漩渦，而造成不可原諒的過錯。

　　男人就住在女人家附近，見面時總會互相打招呼。男人知道女人先生經年不在家，所以會主動過來幫女人忙。特別是田裏的粗活，女人總有做不來的時候，男人願意幫她，女人心裏自然很感激。女人不想白白佔男人便宜，因此男人事情一做完，女人就主動問男人需要付多少工錢。男人純粹是幫忙，理所當然的笑著拒絕了。女人無可奈何只好在小事上盡量回饋他。所以她偶爾會留男人在家用飯，以示感謝。為了不讓旁人有閒話可說，他們的互相照顧並非很公開，只有彼此才心知肚明，女人更是小心，她不想先生難得回家時，卻為了這些事跟她不愉快。

　　女人跟男人之間所擦出的火花很短暫，而事情的經過是這樣的：那是兩年前的夏天，在一個剛下過雨的午後，女人睡了一覺醒來，正在屋子的後院閒坐。剛剛午覺起來的女人有一種說不出的風情，閒閒懶懶的神情異常撩人。男人這時剛好路過女人家門，便順道走進來打聲招呼。他瞧著女人這般模樣，心裏突然升起一股異於平常的感覺，平素規規矩矩的一雙眼睛，突然直楞楞的看著女人，久久不能移開。女人是後來才發現男人的注視，她連忙起身招呼男人坐下。男人並沒有立刻回應女人的話，他直接走向女人，拉起她的手，喃喃地對女人說出，「你好美。」這樣的話來。女人一聽，直覺的縮回被拉住的手，悄聲的說「謝謝」。也許是她曖昧不明的態度給了男人機會。男人再度走向她，重新握住她粗糙的手，並拉著她走向廚房。

一進了廚房，男人的吻便像大小雨滴一般直落在女人身上。女人忍耐許久的慾望就像決了堤的河水找到出口似的，也熱烈的回吻著。她渾身的血液在噴竄，她的慾望在燒，她的人也跟著一起燃燒。她的熱烈回應等於給了男人勇氣，於是男人便更進一步的把女人抱在懷裏。他的手一找到女人衣服的鈕扣，即開始一顆一顆的解開，女人這時已經完全失去克制力，她任憑男人的手在她身上游移，她只想滿足自己常年的饑渴。如果不是小孩叫喊著「媽，媽」聲音遠遠的從外面傳進來，突然把她嚇醒，她可能還繼續沉醉在男人的懷抱裏。女人一把推開男人，扣好扣子，找個椅子坐下來拼命喘氣。她用懊惱的口吻不停的說，「我怎麼會做這種事，我怎麼會做這種事……」男人沒有接話，趁著小孩進來時，悄悄的走開。經過這件事後，女人沒有再接受男人的幫忙，男人似乎也不太好意思主動打招呼，兩人都很有默契的刻意保持距離，好像假裝這件事從來就沒有發生過。

女人走進家門，放好斗笠，立刻在廚房裏忙起來。忽然，她聽見郵差在門外喊著，「掛號。」女人走進房間拿了印章立刻往外跑。拆開信，她看見信上寫著，「我將在下個月回到台灣……」女人雙手捧著信，連續讀了好幾遍，直到她的淚水模糊了視線。

冠冕堂皇的出軌

女人坐在醫院的櫃檯前，兩眼緊緊盯著來來往往的醫生。她在等待一個自己不是很確定的答案，只有等看到醫生和先生的表情，她才能確定自己的犧牲到底值不值得。她單薄的身軀，反射出一股孤伶伶的氣息。互相搓揉著蒼白的手，也反應著她不安的情緒。她焦慮的神色使人無法不去注意她，她像是一隻受了傷的白鷺絲，孤單的守在她的角落上，等待救援。旁人其實很容易感覺出來她的無助，但也因為她看上去是那麼的安靜，那麼的脆弱，以至使旁人也不敢輕易的走向她，怕不小心驚嚇她。終於，有個護士不能再忽視她的無助，她直接走向女人，並問她，「你是不是哪裏不舒服?要不要掛個號看看醫生。」女人搖搖頭，無力的說聲「謝謝」後，便馬上掉開頭。護士看看自己的好意得不到感激，立刻敏捷的轉身走開。

女人大約在十年前嫁給她丈夫。當時她正值雙十年華，她的氣質正由少女的甜美漸漸轉入少婦的風情，兩種不同味道的氣質加起來，使女人看起來真正是美到極點。剛剛結完婚的女人，日子過得非常幸福。當時的她宛若一朵含苞的蓓蕾，正急著綻放，好吸取新世界的氣息。婚後，丈夫忙著品嚐女人的美，而她自己則忙於品嚐婚姻生活的甜蜜，女人的快樂是不言而喻的。這樣的日子，無憂無慮的過了幾年，女人便開始感到一股無奈的空虛。先生為了維持她快樂的日子，使她能夠自在的逛街購物，滿足她物質上的不虞匱乏，必須努力為事業奮鬥。所以，她得自己學會如何打發時間。

男人有了穩定的事業和美麗的老婆，便逐漸產生想要有個熱鬧的家的念頭。女人有了疼她的丈夫和優渥的生活，也開始漸漸想要有個小孩，來為生活添加更多的色彩。既然兩個人想法一致，生小孩這檔事便成為婚姻生活裏的一件大事。兩個人為了有個健康的寶寶，便極力遵守「優生學」的條件，努力改正過去不良的飲食習慣。這一切的忙碌努力他們都沒有怨言，只要小孩能夠健健康康的生下來。

一年的努力過去了，沒有任何消息，女人的月事照常來。但由於年紀還輕，她並不著急。何況丈夫也安撫她，認為一切順其自然就好，不必勉強，女人更像吃了定心丸，她想小孩的事可以慢慢來，不用著急。但是第二年的努力也過去了，懷孕的訊號依舊不來，女人的心情便開始轉為不安。她更加嚴厲的糾正自己的飲食習慣，甚至要求丈夫也跟著嚴守紀律。她在心裏暗自打算若有必要的話，她還想到處探尋偏方，只為了能夠早日順利懷孕。為了孕事，女人的情緒開始變得焦躁，變得不安。她起起伏伏的心情，也變得特別需要丈夫安慰。剛開始，丈夫還能耐著性子，百般溫柔的哄她，但時間一久，要同時兼顧老婆的情緒和自己的事業，便使丈夫感覺心疲力倦。最後在不得已的情況之下，丈夫開始建議女人去看醫生，他跟女人說能不能懷孕這件事，就交由醫生來決定好了，不必再自尋苦惱。

女人美好的生活就此陷入一片苦海，她各式各樣的偏方都試過了，也看過各種醫生，不管她精神上飽受多少煎熬，她仍然不願輕易放棄。為了懷孕這一件事，她一路辛辛苦苦的走過來，不知不覺已經走過了十個年頭。這段期間，她的婚姻生活已開始走了樣。女人曾經在夜半時分獨自感嘆，她認為這世上如果有什麼生存法則，那麼多數的法則一定是教人如何在受重擊的環境裏學會面對生存。女人是這麼認為的，否則為何一直不斷的有壞消息傳來打擊她呢？首先是她不能懷孕，再來卻是先生告訴她，他在外面做生意喝酒應酬時，酒醉得不醒人事，拉著陪酒小姐上床，結果把人家肚子弄大了。現在人家願意生下來，問她怎麼辦？當女人聽到這個消息時，她的第一個反應是她的幸福已經死去，不會再回到她的生命裏。這幾年的所有努力就像幻夢一場，她清醒了，就應該適時放棄。

女人坐在那兒，努力思索這幾年的日子，她到底是怎麼過的？她想起昨天看報紙時，報上還在熱烈討論「代理孕母」的話題。接著她又想起，不久前有個女明星站出來，為她過去一段錯誤的感情所生下的孩子，爭取法律上的繼承權。愛孩子的天性女人可以理解，但是問題是身為當事人，她沒有辦法這麼寬宏大量的接受先生一時的錯誤。想到此，女人突然起身打算走出醫院，她知道所有的等待煎熬都將成為過去。她想，明天就去聯絡律師，請他準備離婚證書。女人在心裏說，「世上沒有任何的出軌，可以如此冠冕堂皇。就算是為了小孩，都不允許啊！」

偷情的女人

不曉得為什麼，在這個鄉下地方，女人跟男人之間的距離，沒有拉得那麼開，尤其當大家一塊兒在做活時，女人跟男人常常肆無忌憚的開開個人房事的玩笑。當男人邊幹活邊開黃腔時，女人就在一旁，停下手邊的工作，嘰嘰嘎嘎的笑成一團；當女人開黃腔時，男人卻越幹活越起勁。這是這個村落女人的特色，做起事來，不落人後，喝起酒來，大口大口耶！開起黃腔，特別豪爽，火辣得很。

女人跟男人之間沒有刻意保持距離，就特別容易出事情，不管是情慾的饑渴，或是感情的火花，都會因為距離的拉近，而開始慢慢點燃，等火花一蹦開，人就會失去理智，而做出令自己後悔萬分的糊塗事來。送報女人背著先生在外面開始偷情，就是因為她跟男人平常見了面，就玩笑似的互相調戲，長久下來，調出了真感情。

送報女人年紀不大，由於結婚生子的早，使她看起來有股早熟少婦的韻味，特別令村裏的男人心神蕩漾。男人喜歡在口頭上佔她一點便宜，送報女人並不羞怯，他們膽敢放話過來，她就敢接，男人的話越大膽，她的回答便越直接，但是誰都知道她的先生在村裏有些錢跟地位，所以沒有人敢放膽真的做些什麼。

送報女人嫁給先生快十年，一共生了四名兒女，最小的女兒才六歲。先生在村裏的小學當教務長，家裏還代理報社發報，所以女人每天一大早打理好先生小孩早餐過後，就騎著機車開始一早的送報工作。早上忙完之後，下午都是自己的時間了，送報女人除了偶爾串串鄰居門子外，要不就是打小牌，在這鄉下比起其他女人來，日子算過得不錯。

送報女人是在一次牌桌上認識男人的，男人年紀比她輕一些，是鄰村的人，與女人在牌桌是初次見面，男人生的一張俊臉，笑起來令人感覺特別親近。她一見到他，就莫名的產生好感，因此在閒聊的過程裏，氣氛很輕鬆，一點也不拘泥。牌桌上的談天說笑，本來就隨便些，加上送報女人原來就不是很閉塞的鄉下婦女，因此就給了男人機會。

他們第一次偷情就在女人家裏，趁先生上班，小孩上課之際，男人一腳踩進她的家門，送報女人不敢領他上自己床，卻帶著他走進了小孩房間。一上了床，隱忍多時的熱情，立刻獲得解放，他們忘情的在床上翻來滾去，忘了她還有個稚齡女兒在家裏待著。女兒從門縫裏，把事情看得清清楚楚，但是她幼小的心靈，還不明白是非對錯，她只當看戲一樣，看得入了神。

偷情就像吸毒，有了第一次，就更想下一次，一次一次的歡愉之後，送報女人已經完全沉醉在男人的溫情裏，甚至被女兒看到了，她也不太在意，她只希望時間能過慢一點，男人能待得久一點。

男人偷著進送報女人家門，從冬天一路偷著到夏天。不知不覺已經持續了好幾個月。女人在這幾個月裏有些明顯的變化，脾氣越來越躁，臉上的妝卻越來越濃。夏天裏，天氣燥熱，人的情緒容易隨著氣溫的起伏而高高低低。這一晚，女人做好飯，又為了一些小事，在餐桌上大發雷霆，先生置之不理，小孩子怕打，不敢吭氣，只有小女兒用天真的口吻說，「媽媽，你為什麼都不會對白天的叔叔兇呢？」

送報女人含著淚簽了字，先生用極度冷淡的口氣說，「只帶走你自己的東西，別的休想。」女人起身走進房間，小女兒跟著走進來，她拉住女人的手說，「媽媽，你為什麼哭哭？」女人彎下腰，一把抱起女兒，哭著說，「因為你洩露了媽媽的秘密了……」

學佛的女人（上）

女人到醫院探望女孩，手裏提著一籃昂貴的「韓國大蘋果」，推開病房的門，看見女孩正閉上眼休息，稚氣蒼白的臉蛋，顯得非常疲憊。她沒有驚動女孩，走過去，直接把水果放在桌上。雖然她已經很小心，儘量的不要發出聲音，奈何還是把女孩驚醒了，女孩看到女人，空洞的雙眼突然變得有神，她輕聲的說，「啊！你來了。」

女人含笑點頭，並用關切的口吻問，「感覺好一點沒有？醫生說明天早上就可以出院了。」女孩點點頭，並說，「原本想今天就出院，但是你堅持要多住一天。」女人和善的說，「傻孩子，你才十六歲啊，墮胎手術不是鬧著玩的，我怕你的體力負荷不了，才不讓你趕著出院。而且出院以後，還必須好好休息，否則對你身體不好。」女人看女孩沒有接話，便繼續說，「出院後有沒有任何打算？是搬回去家裏住呢，還是回去你租的地方？」女孩沒有直接回答女人的問題，卻掩著面輕輕的哭了起來。女人聽見哭聲，走過去，坐在女孩身邊，像母親安慰女兒一般的安撫她；她對女孩說，「不要哭，這件事情又不全是你的錯。不要哭了哦，再哭會把身體哭壞的……」女孩抬起頭來，滿臉淚水的看著女人說，「謝謝你原諒我，我……。」女人摸著女孩的頭說，「我了解，我知道……」

女孩還在唸書，而且未成年。她晚上在台北市一所商職學校夜間部就讀，白天則在一家公司做小妹。由於家住台北縣，通車時間又長又不方便，於半年前，獨自搬到台北市住。雖然當初跟父母親開口時，他們大力反對，但是女孩保證一定乖乖的，況且為人父母，看見小孩在冷冽的寒冬夜晚，辛苦的通車上下課，內心也非常不忍，所以最後還是答應她，讓她搬出去。

女孩剛到公司上班，做事非常認真負責，這是她的第一份工作，她想要在工作上有所表現；而且一搬到外面住，她才明白生活開銷有多大，她非常清楚錢要認真賺，但又必須省著花。女孩的做事態度很快就博得公司主管的讚賞，也因此在很多方面都會給予「特別照顧」。女孩初次踏入社會，閱人不多，她判斷事情的「好與壞」，「對與錯」，常常從個人的利益上著眼，對於主管的「特別照顧」，女孩沒有存在太多的想法。她的心眼很單純，以為自己受到老天爺照顧，讓她遇到一位善心人士罷了，有時她還會為自己的好運氣暗自竊喜，週末回家跟父母親相聚時，也會跟母親提起主管的為人，以及對自己的另眼相看，連母親都忍不住為女兒感到得意。

誰知這樣的「特別照顧」，不是平白無故從天而降的。照顧的時間一長，男人當然也想從女孩身上得到回饋，年輕女孩有什麼可以回報給他的，當然是她的身體了，原來男人存在這樣的想法，已經有一段時間了。有一回公司聚餐，結束後，他趁機提出送女孩回家，女孩歡歡喜喜的上車，車子行經南京東路時，男人將車停進了旅館的停車場，七拐八拐把女孩騙進旅館房間，男人用了手段佔了女孩身體，女孩哭哭啼啼的跟他上了床。完事後，男人對女孩施以誘因，女孩心一橫，從此便跟男人半明半暗的來往。

學佛的女人（下）

男人跟女孩暗地裡來往了一段時間之後，這事後來還是叫男人老婆知道了，男人老婆打聽出女孩的住所，直接找上門，問明原因。

女人抵達時，女孩剛剛下課回到住所。她一開門，看見女人，嚇得兩條腿直發軟，呆立在門口，不知所措。

女人溫和的說，「不請我進去嗎？」

女孩這時才回過神，趕緊把女人直接請進自己的房間。

女人走進女孩房間，看見滿屋子的擺設都是時下最流行的粉紅色HELLO KITTY，感到又好氣又好笑，她想，「到底還是個孩子。」女人看看愣在那兒的女孩，突然想起自己前來的目的，於是正正臉上的神色，她以嚴肅的口吻問女孩，「這件事是怎麼開始的？」女孩一臉茫然的望著她，不知如何回答。女人又細聲的問，「我是說你怎麼會跟我先生在一起？」女人還未說完，女孩雙腿一軟，坐在床上便開始掉淚。從她奄奄的哭泣聲裏，女人聽出了異樣，她明白女孩是哭自己委曲，而不是害怕女人盤問。

女人看著快被淚水淹沒的女孩，心一軟，對於盤問一事，開始感到乏力。她走過去，坐在女孩身邊，靜靜的望著她，房間的氣氛，在那一頃刻突然變得很平和，女人從皮包裏，拿出隨身攜帶的那一串佛珠，握在手裏，她深深的吐了一口氣，接著問女孩說，「孩子，你有什麼苦，可以直接跟我說……」女孩聽到「孩子」這兩個字，開始放聲大哭，她像個迷了路的小孩，突然找到方向。她轉頭面對女人，一字一字的把整個事情的來龍去脈，老老實實的說出口，為怕自己說漏了，她偶爾還會停頓下來，然後仔細回想事情的經過。當她說到一些另她難堪的字眼時，她說話的速度會突然加快，呼吸也會變得急促。

然而真正使她感到尷尬的是，她必須對於女人明說，她的肚裏已經有了小BABY。女人一聽到這裏，打斷她的話，她問女孩，「你家裏知道嗎？」女孩無助的搖搖頭。女人再問，「你今年多大了？」女孩無力的說，「我還在上高二。」，女人聽了只是傷心的嘆了一口氣。她說，「這些年來，他不斷的在外頭找女人，我睜一隻眼閉一隻眼，希望他自己醒悟，直到我看不下去了，乾脆眼不見為淨，但是他畢竟還是我的先生，我為他吃齋唸佛，希望能為他減輕一些罪孽，沒想到他的孽卻越種越深，唉！我幫不了他了……」女人深沉的娓娓道來她這些年的心情，女孩仔細的聆聽著，當女人停下時，女孩抬頭看她，只見女人的眼眶也掛著淚水。女人臨去前，告訴女孩要她什麼事都不必擔心，她先生跟BABY的事，讓她來煩惱，處理。

女人幫女孩蓋好被單，並且隨手削了一顆蘋果遞給女孩。她抽了一張紙巾擦擦手，並收好水果刀，才用半責備的口吻對女孩說，「你知道我是吃齋念佛的，不贊成你墮胎。但是我一時也沒有主張，所以還沒有想出辦法來，誰曉得你自己做主上了手術台，才讓人來通知我……」女孩聽了女人的責備，只是放心的笑笑，沒有回嘴。末了，女人殷切的對女孩說，「你好好的休息一晚，明天我來接你……」女孩點點頭。望著女人離去時的背影，女孩的淚水突然湧上來，她抓起被子蒙住臉，悄聲的說，「為什麼？這世上的好人與壞人這麼難以分辨。我願意去相信的，卻不幸被傷害得很深；我害怕去面對的，卻反而幫了我這麼多忙。

唉，為什麼？」

私奔

女人摟著剛生下來沒多久的兒子，一臉滿足的樣子。她對著兒子說，「乖寶寶，你知不知道媽媽為了你，到現在還回不了外婆家門……」兒子剛剛滿月，當然聽不懂媽媽的話，他只是拿他那一雙天真的眼睛，直楞楞的看著媽媽。小小紅潤的嘴唇，不停的蠕動，像是在跟媽媽說他肚子餓了。女人親親他細嫩的臉蛋，笑著說，「好，好。媽媽馬上去幫你泡牛奶，你乖乖在床上躺著。」女人放下小孩，接著走進廚房。

女人曾經有過一次婚姻。當年她才剛從家鄉一所普通高中畢業，馬上就跟村裏一名男人懷上了小孩。這在鄉下地方是一件很不名譽的事，父母親沒有辦法，只好將她馬馬虎虎的嫁給那個將她肚子弄大的男人，父母親連聘金都不敢開口要。男人，也就是她的丈夫是個做「土水」的工人，也就是個蓋房子的工人。不過，他並沒有留在鄉下地方幫村人蓋蓋豬圈或牛棚，來賺取一些零錢。他為了賺更多的錢養家，情願選擇到大城市裏蓋高樓大廈。所以，一年四季平均下來，他有四分之三的時間都不在家。女人的丈夫真是愛她，為了讓她過更好的日子，毅然放棄新婚甜蜜的生活，馬上離家到都市裏謀生。當然，他同時也想要向岳父岳母證明，他們並沒有讓女兒嫁錯人。

女人是第一次跟男人享受肉體的歡愉，就不小心懷了孩子。在這之前，她還只是個懵懂天真的少女，除了唸書，寫功課，做家事外，對於感情的事，她完全一無所知。她沒有談過戀愛，也不懂什麼叫為愛受苦，當然更不明白原來「愛情」與「慾望」是不同的一件事。丈夫的誘惑像是替她的情慾打開了一扇門，使她明白什麼叫慾望。丈夫不在家的日子，她的心思常常不自覺的神遊到夫妻間的閨房情境上。當她想起丈夫的擁抱時，嬌嫩的臉蛋還會情不自禁的紅了起來。有一回下午，她正在洗米，心思又轉到這上頭來，恰好母親走進來，還以為她那兒不舒服。她只好跟母親瞎胡謅，說自己剛剛午睡起來，頭有些痛。獨守空閨的日子雖然寂寞難耐，但是只要想到丈夫是為她跟肚裏的小孩而奮鬥，所有寂寞的苦楚，她便強行要自己忍受。

當第二個小孩生下來之後，女人已經完全成為一個鄉下的家庭主婦。每天只要把小孩的生活所需打點好，剩下的時間她都可以自由運用。所以只要一得空，她也會到處串串門子，跟別的婦人道道東家長，西家短。丈夫不在家的日子，她已經漸漸習慣。雖然她偶爾也會跟村裏的男人打情罵俏，但純粹是為了讓日子好過，大家開開玩笑罷了。

有一晚，是在一個寒冬的夜晚。女人的第二個小孩突然發高燒，她一個人在家又驚又慌。她先餵小孩吃了藥，讓小孩安睡，但久久過後燒還是不退。情急中她打電話請醫生過來幫忙。醫生是在村裏唯一肯出外看診的。他為人和善，頗受到村人的敬重。醫生這時大約四十出頭，長得一表人才，村裏的女人私下都對他特別有好感。

女人跟醫生的感情不知道是怎麼開始的，也沒有人清楚到底是誰先採取行動。反正兩個人是背著家人及村人偷偷的來往。醫生的體貼溫柔自然不同於丈夫的粗線條，因此很快的就把女人對愛情的意識給引出來。女人對醫生的愛蔓延得很快，她對醫生肉體的飢渴，也跟著排山倒海而來。愛情或慾望，她自己完全失去方向。她弄不清楚自己是因為太愛醫生，還是因為她對情慾的渴求已經累積太久。

偷情這件事總是越想隱瞞，就越是隱藏不了。女人跟醫生的暗渡陳倉最後還是被村人發現了。母親來看她，二話不說先賞她一個耳光。她用盡力氣哭泣，就是不願求饒，兩個小孩不明就理也跟著哭成一團。母親只丟下一句話，「你不害臊，只顧自己騷，想想這兩個孩子。你不要臉，這兩個小孩將來還要臉。我的命還長，我要臉，要做人哪……」不知是誰通知女人丈夫，他就要趕著回來了。女人不知道怎麼去解釋這一切，看著兩個在床上安睡的小孩，她坐在床頭上苦思了一夜，她終於下了一個決定。

隔天一早，女人沒有等在家裏跟丈夫見面，她把小孩帶回娘家，跟母親謊稱她要到市場買菜，請她幫忙看顧孩子。母親當時還對她叨叨的說，「做錯事沒有關係，知道改過就好了。」女人沒有回答，母親還以為她在為那一耳光生氣，也就不多說了。女人其實沒有去買菜，她把小孩丟給母親，一個人到車站買了票，就一路搭車來到一個大城市。之後，她打電話給醫生，醫生沒有辜負她，他趕著來見她。兩個人長談了幾個小時，最後決定女人在城裏租個房子，醫生仍舊回村裏賺錢養她。她沒有後悔為醫生放棄一切，孤獨的守在城裏。將來會如何，將來再說吧！現在，她只想要好好的愛一個人。

女人泡好牛奶，走進房間，抱起小孩，一邊餵奶，一邊說，「孩子，媽媽就只剩下你了，等你長大以後，會不會瞧不起媽媽？你想不想爸爸？他明天就要回來囉。」

致命的吸引力

女人在一家服裝公司會計部任職，她在這家公司已經做了近十年。當年她從一個小小的「會計助理」，升遷至今天的「會計主任」一職，頗有「多年媳婦熬成婆」的辛酸點滴在女人心頭。

女人雖然結婚幾年了，但只給先生添了個兒子。兒子正在上幼稚園小班，學校通常在下午三點半下課，女人沒法子帶小孩，只得讓兒子繼續留在學校的安親班。女人會在六點鐘下班時，先繞段路去接兒子，然後再一起回家。女人在平常日子從不做飯，一來家裏人口簡單，份量不好拿捏；再者每天下班時，她已經累得跟狗差不多了，懶得再下廚。回想起剛結婚時，她也極力想扮演一位好太太的角色，每天為先生洗手做羹湯。後來發現常常發生飯菜做過多，幾乎每餐都要為剩菜煩惱的問題，為省卻麻煩乾脆不做。何況，先生一吃飽，碗筷一丟就不管了。剩菜她揀，碗筷她洗，她一氣，宣佈從此不下廚，除非是假日或心血來潮時。女人習慣接了小孩之後，便順道買些外帶回家。幸好，先生是個老好人，對廚事他向來不太計較。

就像多數女人一樣，女人也是一結了婚，就害怕自己成為黃臉婆，對先生失去原有的吸引力。於是，她花在妝扮上的鈔票，往往是結婚前的一倍。女人因為在服裝公司上班，每天看公司那些年輕妹妹都打扮的跟花蝴蝶一樣，難免也會心癢癢，再加上自己本身身材，錢財都不缺，花起錢來打扮自己就像流水一般，眼眨都不眨一下。只見女人一天比一天嬌俏，衣服一天比一天多，先生都摸不著頭腦。後來他忍不住問她，「你都結婚了，每天這麼樣打扮，給誰看？」女人翹起嘴巴，嬌柔的說，「現在外面的女孩子，一個比一個漂亮，心一個比一個野，我如果不多花點心思打扮自己，萬一你搞外遇的話，那我怎麼辦啊？」先生笑了出來，「看你打扮得這麼時髦，我看我才有危險。」

危險果然是存在的。男人是女人公司的外務，天生就會花言巧語。跑業務的人本來嘴巴就像含著蜜，說起話來特別讓人心喜。男人本來就會說話，外加他的話都像蜜糖一樣，因此公司女同事特別喜歡圍在他旁邊跟他一起嘰嘰喳喳。男人彷彿是生來討女人高興的，對什麼樣的女人彈什麼樣的調，他從來就不會弄混，也不會彈錯。

男人跟女人的接觸一直很公式，尤其女人不主動聊天，男人也不會自己跑去搭訕。女人跟他真正開始深入接觸始於一筆收不回的呆帳，為了把帳面弄清楚，兩人必須經常聚在一起核對每一筆男人從外面收回來的帳。有一天中午，兩人為了工作延誤了午餐。帳核對好了之後，男人開口說，「我請你吃飯，好不好？」女人一開始並不是很感激這項邀請，她平淡的說，「幹嘛請我吃飯。」男人笑笑的回答，「因為你今天特別美，我喜歡請美女吃飯。」女人一聽到這兒，猶豫了一下，她若拒絕好像拒人於千里之外，而且又像否認自己是美女似的。如果答應，她知道男人的個性，她不想成為他甜言蜜語的對象之一。女人看著男人，男人一臉誠意的等她回答，她想想還是答應下來。

女人問，「你知不知道公司很多人很怕我？因為我又當官，又管錢。」男人聽了之後笑開來，他說，「你果然不同，敢這樣形容自己，不錯，我喜歡。」女人繼續說，「你怎麼敢開口請我吃飯？你不覺得我很凶嗎？」男人說，「我說了我喜歡請美女吃飯。何況被美女凶，也是一種榮幸啊！」女人聽後，心裡非常高興。但冷靜想了一下，又小聲的說，「我已經結婚了，並且有個兒子，你知道嗎？我除了我先生，不跟外面的男人吃飯。」男人平穩的回答，「誰規定女人結了婚，就不能跟外面的男人吃飯？」女人拿起水杯，吞了一口水，沒有多說什麼。但是心裏有股情緒在蘊釀，她不明白是因為高興，還是因為害怕。

男人一句「美女」，就把女人約出去吃飯。男人這下就知道女人其實也不難應付。他常藉故來約她，女人拒絕不了就答應跟他出去。女人沒有想到男人的邀約越來越頻繁，態度也越來越明顯。當男人逐漸展露他的企圖心時，女人這時才明白當她第一次答應跟男人出去吃飯時，在心裏隱約蘊釀的那股情緒原來是「害怕」。當她不想再繼續這種「午餐的約會」時，她直接跟男人挑明的說，「我結過婚，也有個小孩。我不能陪你玩這種遊戲，你如果想要交個女朋友，就應該去找個單身女人才是。」男人聽著女人的話總是裝做沒聽懂。

有一晚，當女人陪著先生，小孩在客廳裏看電視時，電話突然響了，女人跑過去接。當女人拿起話筒說，「喂，找誰？」男人在電話的另一端說，「你現在可以出來嗎？」女人一聽男人的聲音，差點暈過去。她把音量降至最低，細聲的問，「你怎麼知道我家的號碼？誰給你的。求求你饒了我，不要來煩我……」女人在電話裏半哀求的跟男人說。男人不管女人說什麼，他仍是平淡的說，「要知道你家號碼不難，要知道你先生公司的號碼更簡單。我沒有很多時間跟你在電話裏瞎扯，你到底出不出來？」女人求他說，「你為什麼要這樣對我？」男人不耐的搶著說，「那麼你那天跟我進飯店又是為什麼？」女人一聽，久久說不出話來。男人跟她說，「半個小時以後，我在同一家飯店一樓等你。」男人一說完，馬上掛了電話。女人放回話筒，才無力的跟自己說，「那天，那天是因為你說我很美，所以心情很好。進飯店是一時興起，沒有任何……」

女人楞楞的站在電話旁不說話。先生坐在沙發上，對著她大聲嚷，「誰打來的？你怎麼說話這麼小聲。」女人走回先生身旁坐下來，無力的說，「哦，只是一通無聊電話，不用管他。」先生伸臂摟住她，女人縮回先生懷裏。先生突然問她，「你怎麼在發抖呢？」女人一嚇，趕緊起身回答說，「我抱小孩先回房間睡覺。」走回房間，女人倒在床上，啜泣的說，「我恨那頓午餐。」

無奈

女人坐在沙發上，陪著大家笑。她的先生正意氣風發的跟今晚的客人談天說地，她坐在那兒怎麼也插不上話，只能張開嘴唇，很有禮貌的笑著。她其實很想回家，看看小孩睡了沒有？她有點擔憂老大為了明天的考試，又熬夜不睡。這個月他已經好幾晚都沒睡好，這樣下去還得了。她跟先生提過好幾次，先生總是說，「讀書就是這樣子，他以前也是這麼熬過來的……」她有些氣先生的態度，好像小孩的事就該她一個人操心，如果她想多了，他又怪她多事。不過，她也明白這事不能完全怪先生；他是個好人，疼老婆，疼小孩，又顧家，實在沒有什麼好抱怨的。但是，如果真要抱怨的話，那就是他常在應酬的場合裏，忘了她的存在。雖然應酬時，他得應付各式各樣的人，女人也非常理解。不過，當她的年紀越來越大，她發現自己也越來越害怕先生冷落她，尤其當她看見先生跟年輕的女人談笑風生時，她的不安便會緩緩的上升。

女人剛剛過了四十歲生日。她雖談不上美麗，但有一股溫婉的氣質，讓人第一眼看到她就不覺得討厭。當年她就是憑這股氣質吸引住她先生的眼光，這麼多年的歲月走過來，雖然她的外表早已抵不住時間的侵蝕，例如她的皮膚漸漸失去光澤，她的眼睛也不再黑白分明；但是唯一不變的仍是她的氣質，依然令人感到舒服。

女人跟先生是藥專同學，專科最後一年才開始談戀愛。先生畢業後立即被徵召入伍，但每回一放假，他就急著見女人，把握兩人短短的相處時間。就在先生快退伍的那一年，有一回放假，先生照例約女人在外面相見，也許是那天的天氣太美，也許是先生的男性荷爾蒙正在起作怪，或者也許是女人脈脈含情的眼神，讓人無法拒絕。反正他們兩人就是大著膽子，攜手走進一家便宜旅館。女人跟先生都沒有經驗，先生戰戰兢兢的做這件事，女人則用不知所措的眼神去配合。做完後，兩個人滿頭大汗的呆坐在床頭上，誰都沒有吭聲。就這樣呆坐一會兒，先生突然聽見女人嚶嚶的哭泣聲。他轉向女人，溫柔的問，「是不是很痛？」女人點點頭，但沒有停止哭泣。先生再問，「你是不是不舒服？」女人突然面向先生，略帶惶恐的回答，「如果有小孩的話怎麼辦？」先生笑了出來，有恃無恐的說，「那我就把你娶回家。」女人每次一想到過去兩人這段往事時，心裏就像吃了蜜桃一般，甜蜜的很。

先生退伍後，兩人沒隔多久就共組一個溫暖的家庭。由於女人很快就懷了小孩，先生不讓她出去工作。只要她好好在家安胎，並把家裏打點好就夠了。剛退伍的專科畢業生，其實也找不到事做，靠著婚禮上收的禮金，他們艱苦的熬過一段時間，最後先生在藥廠找到一份業務員的工作，生活才算有個著落。不過，他們的家庭生活從這一刻起開始有了更動，業務員的工作說難不難，最主要是「能說會道」。除了要懂得交際應酬，還要能吃苦耐勞。先生能吃苦，女人當然也要能吃苦，否則婚姻怎麼維持？

當先生的職位越升越高，在家的時間也越來越少。尤其後來當先生三更半夜帶著一身酒味回家時，女人還得編一百個理由要自己相信先生沒有在外面胡亂來。當她夜半醒來，發現身邊的床位還空在那兒時，她也會感到異常孤單。雖然小孩就睡在隔壁房間，她仍無法克制自己的情緒，一個人坐在那兒默默的流眼淚。她曾經為此跟先生吵過架，她像個情緒失控的小女孩，在房間裏跟先生耍賴，哭泣。先生總是笑著說，「你們女人耍起脾氣來，跟小女孩沒兩樣。」接著又有恃無恐的說，「我跟你說過了，我不會在外面胡來，你不放心可以跟著來，是你自己老放不下小孩……」女人聽完先生的話，總是楞在那兒，答不出話。

女人起身走進洗手間，把門反鎖起來開始哭泣。她實在不明白，為什麼先生每次被眾人包圍時，總是忘了她的存在。她想起兩人單獨相處時，他對她說的每一句甜言蜜語，他的愛總是溫柔的把她包圍起來。她輕輕的說，「不要這樣，把我捧在手心的同時，又一把將我推進黑暗裏……」打開門，女人開始對著鏡子補妝，她安慰自己，先生是為了養家，她總得跟著犧牲，不然怎麼辦？

回到座位上，先生好像沒有注意到她剛剛哭過，也許他根本沒有注意到她。女人看著那些餐會上打扮得非常時髦艷麗的美麗動物，仍舊圍繞在她先生旁邊，跟她先生說說笑笑的，聊得很高興，很開心，她突然覺得很無奈。這樣的場面她已經經歷過好幾次，有幾次她都想逃啊！或是希望自己在熱鬧中昏睡過去。但她都沒有勇氣去做，這一次，她不知道自己安的是什麼心？她輕輕的起身，頭也不回的朝門外走去。她不知道先生會怎麼想？她只知道自己年紀大了，不能再跟年輕時髦的小姐爭艷；但是她有自己的小孩，那是她們沒法跟她比或爭的。

愛我多一些

女人的眉頭緊緊皺著，黑白分明的眼眸裏鎖著許多心事。她的腦海裏不停的重覆著她的丈夫手挽著一位年輕貌美的小姐的畫面。他們兩人坐在那家高級餐廳吃飯，神情有說有笑。丈夫雄壯的手臂忽然變得很溫柔，他幫她夾著菜，幫她撥開垂落的髮絲，那份溫柔，女人已經很久沒有感受過了。想到此，她情不自禁的轉頭對著鏡子，撫摸自己的臉龐，看著自己為這個家所付出的一切，看著自己漸漸枯萎的容顏，她問自己，「你得到什麼？啊！你得到什麼？」

女人看著自己手腕上那條蜿蜒的青筋，她想，為什麼它看起來這麼美麗呢？她拿手輕輕撫摸著，彷彿可以感受自己的體溫，感受血液的溫熱正藉著那條蜿蜒的青筋傳送到她每一個細胞裏。接著她把目光轉向桌上那把水果刀，她輕輕的對自己說，「為什麼刀子是這麼冰冷，如果拿刀子往那條美麗蜿蜒的青筋一割，讓血液滴下來，覆蓋在刀面上，是不是可以溫暖了它，讓它不再冰冷，如果拿自己的血液，做為懲罰丈夫的工具，是不是被丈夫背叛的恨，啊！可以隨著血液流乾而結束？」女人緊閉著雙眼，兩手緊緊握住，她正在努力使自己甩開所有的不快，不去想丈夫有多愛那個年輕貌美的小姐，不去想丈夫到底還愛不愛她？不去想刀子有多冰冷？

淚水是順著顏面悄悄流下的。女人沒有拿手拭淚，任憑它流，任憑它順著顏面流過她蒼白的頸，流過她正在失去感覺的一顆心。她靜靜的坐在那兒，腦海裏像有千萬隻蜜蜂在轉動著。這樣靜靜的坐了幾分鐘後，她突然像抓了狂似的，把桌上的檯燈、電話機，通通摔到地下，然後放聲大哭。哭聲裏夾雜著一股濃濃的恨意，那悲痛只有她自己懂。

哭盡了淚，用盡了力氣，女人漸漸感到疲乏，她雙腿一軟，整個人跌坐在地上。做了這麼多年的職業婦女，她一向就很清楚自己在做什麼。在辦公室裏她指揮好幾十名員工，工作分配有條不紊，她讓員工做什麼，就做什麼，沒有人膽敢抵抗。在家裏，她打點一家人的食衣住行十幾年了，也從來沒有出過任何問題，她沒有聽到家人抱怨過任何一件芝麻小事。她一向處在優勢慣了，從來沒有體會過什麼叫做「難堪」。而最令她傷心欲絕的是，給她這種難堪的苦果，讓她去吞咽的，竟是共眠了十幾個寒窗的丈夫。她問自己，「難道我給的不夠多嗎？難道我的犧牲還不值得讚賞嗎？為什麼要這樣待我呢？女人癱在地上，第一次她不知道自己接下來應該做什麼才好。

等自己恢復理性，女人望著一團亂的客廳，她起身開始慢慢的整理。做了十幾年的家事，她從沒有叫過累，為何今天做什麼事，都感到疲乏得很。她向公司請了一個禮拜的假已經快滿了，但她還是提不起精神上班賺錢，如果沒有丈夫的愛，她賺那麼多錢做什麼？丈夫跟小孩才是她的一切。她原來計畫等小孩長大成人，她要跟丈夫過著屬於他們老夫老妻的日子。她要把年輕時曾經做過的夢，拿來再做一次，填滿年輕時沒有完成夢想所留下的遺憾。但是經過這件事，她彷彿才明白生活不該擺在計畫裏，計畫永遠只是個夢，不去做就永遠不會實現。早知如此，她應該在幾年前就學會「隨心所欲」這個道理，想做什麼，就做什麼。

想畫濃妝，就畫濃妝，想穿性感的衣服，就穿性感的衣服，想約會，就約會，沒有人規定結了婚的女人就不能做這些事情。到如今，她已經人老珠黃，果真做了，只會招來旁人的戲弄罷了。「啊！又何必自取其辱呢？」，她說。

女人再仔細看著鏡子裏的自己。她摸著臉龐，對著鏡子裏的自己，柔弱的問，「啊！我還算年輕嗎？」問過後，又感覺自己問得愚蠢。她對著鏡子，把頭髮往上盤，就像要把自己看個清楚似的。她走過去癱在椅子上，然後對自己說，「無論如何，今天晚上一定要攤牌。如果他還愛我，就用心的再愛一回，不要敷衍；要不，大家各奔東西，放她走吧……」女人嘆了一口氣，她覺得自己好累喲！

跳土風舞的女人

公園裏的花草剛剛從清晨的霧水裏洗過臉，起早的婦女卻已聚攏在一塊兒。她們多數穿著及膝的短裙，手裏各拿著一把典雅的紙扇。比較注重打扮的婦女，會在臉上捈抹著一層淡淡的顏色；比較樸素的婦女呢，僅是洗淨了臉，精神翼翼的等著老師播放音樂，好開始她們一大早的運動——跳土風舞。在等待的當口，有些婦女會做些柔軟操，如扭扭頭、扭扭腰、抖抖手、踢踢腿，好舒展睡了一夜後緊繃的筋骨。有些婦女則圍在一起八卦是非，或閒話家常。但女人卻獨自一人站在那兒，沒有搭理誰，她娥眉淡掃，臉上神采煥發，安安靜靜的等待音樂聲播放出來。

女人每天一大早就來公園跳土風舞的習慣，已經維持了幾年。她一開始跳舞的原因只是想打發時間。因為先生到大陸福建做生意，每天一早醒來，心裏便會覺得特別寂寞空虛，她原來想找個輕鬆的事做，沒想到隔壁太太碰巧找她一塊兒去跳土風舞，她便一口答應下來。後來跳成習慣之後，她發現跳土風舞除了可以保持身材外，它的另一個好處是可以忘卻煩惱，尤其是當她的身體隨著音樂擺動時，她的腦海裏充滿了美麗的回憶，她的靈魂早已隨著樂音掉進過去那些甜蜜的往事裏。

女人的先生尚未到大陸福建做生意時，就已經是個成功的生意人。先生每個月會交給她一筆可觀的金額，好讓她維持一個安穩舒適的家，讓她跟小孩過得豐衣食足，沒煩沒惱。女人當時過的是優渥舒服的生活，先生從來不過問她是怎麼用錢的，只要家裏平平安安，不要讓他擔憂就好。她把家用的一部份錢，拿來跟會或投資股票，希望能賺更多的錢用。一開始這些事情進行的都順順利利，反正只是玩玩，先生也懶得說她。更何況他當時正忙著到大陸投資的事情，女人只要不去煩他，他便萬分感激了。

先生一到大陸做生意，女人更得閒，每天除了打扮得漂漂亮亮的，沒事就往號子裏鑽，因此投資在股票上的金額也越來越高。就像大多數的女人一樣，女人也喜歡穿金戴銀，股票一賺了錢，她就立刻將鈔票往珠寶店送，所以手上的鑽戒也越戴越大顆，有時也惹得隔壁鄰居的太太看了眼紅。但是人總是如此，表面上和私底下說的話往往背道而馳，那些對她特別眼紅的太太們，老是拉她加入這個會，那個會的，女人會衡量自己手裏的現金，她知道跟會的風險，所以不是很熱中。但她天生耳根子軟，禁不起那些太太們三言兩語的好聽話，她想，「跟就跟吧！反正先生有錢。」

先生剛到大陸做生意時，每個月還是固定寄生活費回來。女人的日子一點都沒改變，她仍舊打扮得漂漂亮亮的，跳她的土風舞，買她的珠寶，做她的股票，她沒有想過日子有一天也許會變動的。是啊！日子會變，而且一變就變得很快。當她在股票市場失利，當她的會錢被倒，當她跟先生要錢要不到時，她開始慌了。她跟人追討會錢，那些太太們的回答是，「你有錢，就可憐我們這些窮人吧！再寬限個幾天，好不好？」女人是「啞巴吃黃蓮，有苦說不出」，錢周轉不過來時，她只好賠錢賣股票。股票一賠錢，她立刻飛大陸跟先生伸手要錢。

當女人打扮得漂漂亮亮的，飛去見先生時，先生冷漠的態度，讓她直覺上感覺非常不安。當她開口時，先生只是冷冷的回答，「我早告訴你，我每個月給你一筆錢是要你照顧好家的，不是讓你胡搞……」女人低著頭，小聲的說，「我沒有胡搞。」事實上，答案當然不是因為女人胡搞，而是因為女人先生在大陸包了個大陸妹，包女人要花錢的，開銷突然增加，當然不會有額外的金錢給女人渡過這個難關。女人黯然的飛回台灣，她能如何呢？經濟大權掌握在先生手裏，她還得靠他養家，她奈何不了他。女人後來在一家餐廳找到一份工作，自己慢慢償還被倒的會錢。對她來說工作是一件很辛苦的差事，她安慰自己「習慣就好」，正如她現在已經習慣不再往號子裏鑽，不再穿金戴銀，唯一不變的習慣是跳土風舞。

音樂聲正隨著早晨的太陽緩緩的流瀉出來，女人的身體隨著音樂輕柔的擺動，她一邊扭動著苗條的身軀，一邊想著，「啊！再辛苦個幾年，等錢還得差不多，等小孩再獨立一些，就讓他去吧！至少他曾經為這個家付出過，至少他也讓我上了一課……」女人的身體扭動著，她的淚水在陽光下顯得特別剔透。

相親

女人坐在先生床頭邊，兩手緊緊的握住先生的手，看著先生因生病而漸漸枯瘦的容顏，心裏覺得萬分不捨，她想，「如果我可以分擔你的苦痛，你知道我很願意……」當她這樣想時，兩行淚水便情不自禁的滑落下來。女人舉起手擦拭臉上的淚水，她不想在這個時候表現出一副哀傷的可憐模樣，尤其是她先生還在病床上受著苦，她知道這時候她應該比平常更勇敢。她這一輩子都沒有跟先生分開過，就算再苦的日子，他們都是攜手共同渡過的，現在先生躺在病床上，她成為孩子們主要的精神支柱，雖然小孩都已長大成人，但是他們最敬愛的父親還在受病痛的折磨啊！女人這輩子非常感謝先生對她的愛，特別是他們的感情，是由結婚的那一天起才開始建立。

女人跟先生當年是因為相親才結合的。他們的相親還不同於一般人所熟知的做法。基於當地的傳統禮俗，男方跟女方不能在相親的場合裏見面，即使雙方家

女人嫁入門之後，才真正明瞭先生他們家的債務有多深。先生每個月做工賺的錢全貼進去了還不夠還。女人幾乎每隔一段時間，就得回娘家一趟，拿些白米，鹹菜乾來貼補家裏伙食。每次回去一碰見弟弟，他就故意鬧著說，「你就是貪圖人家長得帥，才會過得這麼苦。」女人聽了也會鬧著回答，「吃家裏一點米，你就囉唆，將來我若過不下去了，便把小孩通通帶回家，讓家裏養。」弟弟知道她是開玩笑的，但仍正經的回答，「你帶回來讓我們養啊！我不怕，只要你日子不要太苦。」女人就是這樣跟先生一路走過來的，日子很苦，但是女人跟先生沒有求救於女人娘家，他們咬牙把小孩拉拔大，讓小孩受到好的教育。他們的日子越辛苦，兩個人的感情卻是越苦越彌堅。

女人看著病床上的先生，即使歲月在他臉上留下深刻的痕跡，他還是那麼的俊。女人真的仔仔細細的看著先生，她平常很少這麼直接的看著他，就算是已經做了一輩子的夫妻，她還是會害羞，還是不敢跟他眼對眼，口對口的互相凝視。女人覺得自己有些可笑，現在他躺在那兒，她才敢大著膽子這麼看他，但是有什麼關係呢？先生是愛她的，因為他的愛，所有的遺憾都不再是遺憾了。

竹林

女人屋子附近有一片竹林，竹林的面積不大，但是，若有人在竹林後悄悄的站著，路過的人也不會發覺。一來是因為竹林長得很密，再者冬天站在竹林下嫌冷，夏天想乘個涼又怕蛇跑來跟你互相對看。更何況竹林裏不長筍，鄉下人生活最重要，沒事情跑到竹林裏做什麼？

竹林後面就是一大片農田，農田屬於鄉裏一個有背景的男人的。女人家的田就依傍在男人家的農田旁邊。由於女人家的田地面積不大，丈夫就把田裏的工作交由女人打理，自己則到鎮上的一家工廠去上班。靠著丈夫的薪水，女人原本的生活已經過得不錯，等到田裏的農作物一收割，女人又可以偷偷的攢下一筆小小的私房錢。所以女人對自己的生活感到很寬慰，她不似鄉裏有些婦女，由於丈夫不長進，所以得自己扛起養家的責任，生活又勞碌又辛苦。對於這一點，女人很感激丈夫的上進，對家庭的擔當，也正因為如此，她對丈夫夜晚的需求向來都不拒絕，就算她已經累得不想動了。

女人常常在心裏跟自己說，「做女人就是要滿足丈夫，否則男人就不安份，喜歡到外面打野食……」其實她心裏都明白，丈夫是一個膽小的人，他不敢到外面打野食是因為他怕外面的女人會糾纏不清，而不是擔心女人生氣。每次丈夫只要喝醉酒，爛醉的癱在床上時，總是一手在她身上亂摸，一手拍著胸脯得意的說，「男人睡過幾個女人算什麼，問題是現在的女人太煩，睡覺時高高興興，一覺醒來，動不動就開口要個幾十萬，幾百萬，弄得我都不敢亂碰女人。還是自己的老婆最好，怎麼睡都不會有問題……」女人每次聽到這裏，總是很生氣，她把丈夫的手撥開，把拿在手裏幫丈夫擦拭臉的毛巾丟在一旁，一個人坐在那兒生悶氣。這個「悶氣」總要等到隔天早上，丈夫好言好語的道過歉後才能消。這樣的情況偶爾會發生個幾次，但女人從不放在心上，只是她自己後來也沒有料到，這會成為她日後背著丈夫，在外面被另一個男人擁抱的藉口。

男人就是鄉裏那個有背景的人。由於兩家的田地連在一塊兒，所以兩人在田裏見面的機會也增多。剛開始兩人會趁著歇口氣的當口隨便閒聊，談話的內容多數跟農耕有關，女人原來以為男人家裏有些錢，大概很難接近，所以每次兩人對話時，女人總是小心翼翼，擔心自己不小心說錯話得罪人，或讓人笑話了。倒是男人比較粗氣些，他認為家裏有錢沒錢都是人，沒有必要擺架子，因此女人越當心，男人越要故意逗著她。男人有時也擔心自己說話沒個分寸，怕女人介意，奇怪的是兩個人對彼此的談話都不排斥。尤其是女人，她也弄不懂自己怎麼就這麼喜歡跟他說話，最後，她跟自己解釋，也許在田裏做活有個人說說話，總是比較不會那麼悶。

有一天上午，女人獨自一人在田裏工作，突然間覺得尿急，她原想趕回家，但抬頭看看四周，發現沒有半個人影。她就想，乾脆躲到竹林後面去解尿就好了，趕回家太費事了。女人順手拿起扁擔，鼓起勇氣往竹林裏走去。當她解完，正在把褲頭往上拉時，男人碰巧路過，女人跟男人同時楞住了，女人一慌，匆匆忙忙拉起拉鏈，頭也不回的往家裏走。男人當時還老實的問了她一句，「田裏的活做完了，要回去了啊！」女人事後想想，她也不知道自己那天是中了什麼邪，怎麼就想起到竹林後面去方便。

女人跟男人就是這樣開始的，是男人先拉著她的手往竹林裏走，女人也不拒絕。她跟男人第一次做時，做到一半，她突然想起丈夫的話，「現在的女人太煩……」於是她笑著問男人，「你不怕嗎？」男人趴在她身上回答，「怕什麼？」女人說，「怕我跟你要錢。」男人笑了，「怕什麼，我有錢不怕你要。但是我知道你不會要。」，女人高興的反問，「為什麼？」男人胸有成竹的說，「你不是愛錢的人，何況拿了錢，你怎麼跟丈夫解釋？」女人聽到這兒，把頭埋在男人懷裏，撒嬌的說，「這麼說你吃定我了。」男人拿眼睛看著她答，「不是，你會得到我的愛，以及別的好處。至少我不會讓你吃虧。」

夏天時，躺在竹林下特別涼快。風一吹，竹葉會隨著風搖擺，發出挲挲的聲音，女人的髮絲也會跟著風飄盪。她常常利用「方便」的藉口，站在竹林裏等著，男人過一會兒就來。有女人陪著，竹林不再寂寞。風一吹時，女人的心會跟著竹葉一起搖擺。

女人的秘密

時間剛走過正午十二點鐘，港式茶樓裏幾乎已經坐滿了客人。女人跟男人選擇靠柱子旁的雙人座位坐下。女人剪著一頭短髮，額頭上留有些許瀏海，身穿一件黑底印花毛衣，以及黑色長窄裙。以她的年紀來看，女人的打扮似乎顯得年輕些，宛若剛剛四十出頭的婦女，其實女人今年已經五十又五了。

男人遞給女人菜單，並說，「喜歡吃什麼就點，不要客氣。」女人接過菜單，用一口台灣國語回答，「誰跟你客氣。」女人說話時的口氣有那麼一點刻意的潑辣，而且又很故意拿兩眼狐媚的看著男人。男人年紀大約跟女人不相上下，但是應付女人的經驗不多，因此被她看得只能傻乎乎的笑，笑過後又趕緊說，「好啊，這樣最好，乾脆你來點好了。」

女人的臉上塗抹著厚厚的粉底，五十的人了還知道賣弄，可見女人對男人很有把握。女人點完菜後，開始跟男人漫不經心的聊著。男人似乎很喜歡女人，他不僅很專注的聽女人說話，連女人漫天瞎扯的內容，他都聽得很仔細，唯恐疏忽了那一個細節。女人原本得意洋洋的說她的話，突然，她感覺在她座位附近有一桌的客人不時拿眼睛盯著她看，她沒有回看過去。但是想著，「是不是我的音量太高了？」女人降低自己的聲音，繼續說她的話。沒想到對方的眼神還是沒有挪開，女人有些不悅，在心裏咒罵地說，「要看就來看，誰怕誰呢？」接著就拿凶惡的眼神望過去。不看還好，這一看，女人嚇了一跳，趕緊低下頭，裝做不認識對方。男人看女人神色帶著異樣，還以為自己那兒得罪她，低聲的問，「是不是那裏不對？」女人搖搖頭，剛剛的銳氣頓時消失無蹤。女人無力的坐在那兒，一顆心噗通噗通的跳著，神經刹時繃得緊緊的。

一直盯著女人看的人是女人鄉下的鄰居，那天她剛好上台北來看孫子，兒子帶她到港式茶樓裏吃飯。事情就是這麼湊巧，讓她撞見女人跟男人也坐在那兒用餐。她看女人很眼熟，卻又因為穿著打扮跟過去相差太遠，因此遲遲不敢相認。女人坐在那兒如坐針氈，想叫男人買單趕緊離去，又怕鄰居起疑，更因此過來跟她打招呼，想主動過去問聲好，又不知道說什麼？難不成還問她，「我那苦命的丈夫過得好不好？他帶著一群小孩，還應付的過來吧！」女人有點猶豫，她想知道丈夫近況。但是如果真走過去打招呼，還得跟人解釋，「哦，這個男人只是普通朋友，他就是請我吃飯，我跟他之間沒有什麼……」唉！女人不由自主的嘆了一口氣，她無聲的跟自己說，「算了，就裝做沒有看見好了。」

很多年前，女人趁著先生去工作的時候，一個人收拾行李，偷偷的跑到台北生活。當她離去時，兩個兒子，一個女兒還坐在地上哭，要跟媽媽一起去玩。女人安撫孩子們說，「媽媽去兩天就回來了，回來後會帶很多糖果給你們吃。哥哥你最乖，你帶弟弟妹妹去玩，爸爸下班回來，你就跟爸爸說媽媽去台北了，以後你們要聽爸爸的話，好不好？」哥哥當時覺得媽媽的話怪怪的，但又說不出來自己感覺媽媽的話那兒有問題，只好同時擦著鼻涕和眼淚，用力點點頭。

那是小孩最後一次看見媽媽。女人其實收拾好行李，便打算一個人跑到台北投靠小學同學。靠著同學幫忙，她先進一家工廠上班，有了一份固定的收入，生活也開始變得安定。由於在台北舉目無親，閒暇時難免會想先生和小孩。想得厲害時，她就跟同學拼命訴苦，拼命的哭。同學問她，「既然這樣，當初幹嘛一個人偷跑上來台北？」女人啜泣的答，「鄉下的苦日子我過不來，而且我看我那個老實的先生也不會有太多出息。要過好日子，靠他不如靠我自己……」女人說完，同學也沒有什麼好安慰的，自己做的孽，當然自己承受。

女人逐漸習慣台北的生活後，也漸漸愛上五光十色的日子，加上後來她換了工作，在酒店廚房做事，賺的比以前多，生活也越變越舒適。沉浸在快樂日子裏的她很快就忘記想先生，想小孩的痛苦。反正現在她出門不缺錢也不缺男人，她的腦子裏只顧得了奢靡的日子，過去所有的不快，她不願再想，拋夫棄子就拋夫棄子，反正已經走錯了，而且也回不了頭，只好就這麼生活下去好了。

女人坐不住了，她拉著男人匆促的離開茶樓。回到自己住處往床上一倒，她感到全身疲乏得很。她想起以前在鄉下過的日子，搖著頭說，「那種生活我真的過不來，每天不是廚房就是農田，就算我畫妝畫得美美的，誰要看呢？」這麼多年，她沒有再想起鄉下的日子，如果不是今天遇到鄰居。唉！女人嘆了一口氣。她從床上坐起來，打開抽屜，拿出有一年過年時全家一起合拍的照片。照片裏的女人才剛剛三十初頭，一家人緊緊靠在一起，就像一個幸福的家庭。女人當年離開時，身上就只帶了這張照片，她放在抽屜裏，想到時，就拿出來看一回。女人一直盯著照片不放，直到淚水模糊她的視線。她看不清孩子們的臉，只見她輕聲的對自己說，「孩子們，你們都長成什麼模樣？將來結婚後，都要像你爸爸一樣有責任，不要像媽媽，這一輩子都回不了頭囉……」

女人的對話

女人拿起桌上的茶，輕輕啜了一口，才發現茶太燙，費了勁把茶吞下去，立即伸出舌頭舔了舔嘴唇。她把杯子放回桌上，才小聲的說，「哦，好燙。」朋友笑著接她的話，「都不知道你在想些什麼？你剛剛不是還看著我加水的嘛，怎麼加完你就拿起來喝，怪不得要燙嘴。」朋友說話的口氣雖然沒有怪她的意思，但女人不知怎的就是不接話，朋友以為她生氣了，連忙說，「就是開玩笑的話，你怎麼生氣了？這麼多年不見，難道你打算用這種方法來對待老朋友？」女人聽到朋友的抱怨，也趕緊接腔，「怎麼會？你又不是不了解我，我怎麼會因為這些小事生氣。」朋友瞧她開口了才認真的說，「我怎麼會不了解你，我們那麼多年不見，剛一見到你，我嚇了一跳，你的臉色好差。我曉得你一定有事，但是你坐在那兒不吭聲，還是想你的心事，我怎麼開口問？如果不想些話做開頭，我看你就是坐一下午，也不打算告訴我……」朋友連珠炮似的說了一串，女人仔細的聽著。聽著聽著淚水就順著朋友話裏的關懷滑出來，她摒著氣息，儘量忍著不讓自己哭出來。最終還是朋友一句，「想哭就哭吧！」女人這會兒「嘩」的一聲，把近一年來緊繃的情緒全在那一刻放出來，她顧不了朋友訝異的眼光，她安心的發洩，在朋友無聲的安慰裏，她哭得忘了自己。

女人哭了好一會兒，才能抑止她的情緒。她軟弱的坐在那兒，像個無助的小孩，急需要大人的撫慰。朋友也陪著她坐在那兒，一直都沒有出聲。直到女人停止哭泣，朋友才說，「你要不要去洗手間洗把臉？你還知道怎麼走吧！」女人點點頭，隨即起身往洗手間裏去。

女人立在鏡子前，看看自己的容貌，「啊！我怎麼變得這麼蒼老？」她無力的說。她想起從前在學校讀書時，他們這幾個好朋友裏就屬她長得最美，那時候大家常半開玩笑的跟她說，「以後你要是嫁入豪門，可別忘了我們這幾個好朋友。」女人聽了也總是半開玩笑的回答，「為什麼認定我會嫁入豪門，搞不好我是命中註定嫁給窮鬼。」大家聽了她的回答，總是全體「噓」她，「憑你的長相，再怎麼樣也不可能嫁給窮人。你沒有聽說嗎？男人娶了有錢老婆，一輩子不愁；女人有了美麗的外表，一輩子沒有煩惱。」女人肯定的搖搖頭說，「沒有」。女人把視線從鏡子裏移開，她嘆了一口氣說，「讀書的日子真好，那才是真的沒有煩惱。」擦乾了手，她才走出來。

朋友見她進去老半天還不出來，原本想走去問問她，看見門開了，剛抬起來的臀部又坐了下去。女人坐好後，朋友只說，「茶快涼了，趕緊喝吧！」女人搖搖頭。她說，「你日子越過越好了，房子是不是又裝潢過了？」朋友點頭。女人嘆了一口氣說，「我卻是越過越不好，你說，我該怎麼辦？」朋友問她，「是不是你先生在外面有別的女人？」女人搖頭。女人說，「我嫁給他這麼多年，他沒有背著我在外面胡來。但是，他也很不長進。你知道這些年公司的事都是我在管，他倒很安心的打他的高爾夫球，從不問公司或家裏的經濟狀況。」女人一起了頭，就停不了，她喝了一口茶，繼續說，「前幾年公司的財務已經陷入危機，我勸他花一點心思在經營上，他竟回答我如果沒有他去打高爾夫球，跟那些商人交際應酬，又怎麼拉來生意。我們為了公司的事吵起來，吵到最後他竟打了我一耳光……」女人說到這裏，感慨一來，淚水也就跟著浮上來。朋友一看，遞給她一盒面紙，讓她拭淚。

朋友見女人那麼意氣風發的一個女人，竟落到這般田地，突然替她感到非常難過。她問女人，「那你現在打算怎麼辦？」女人還是搖頭，她說，「我沒有主張了，公司去年跟銀行貸好幾百萬，每個月光繳利息就快被壓得喘不過氣。但是我必須扛起來，否則我跟小孩怎麼辦？」朋友問，「你先生難道都不管嗎？」女人低著頭沒有回答。

「你為什麼不離開他？」朋友問。女人抬頭，一臉困惑的看著朋友，朋友似乎察覺自己問錯話了，趕緊解釋，「也許你離開他，日子可以變得更好，對你跟小孩都有好處。」女人苦笑一下。她說，「我的小孩一個今年要考大學，另一個要考高中，在這種情形下，我沒有辦法考慮自己。何況，離開他又怎麼樣？我沒有外表，沒有身材，更可怕的是我揹了一身的債。不要說男人見了我就躲，連娘家我都沒有臉回去了。當年家裏全都反對我嫁給他，說這個男人虛榮，不肯吃苦，嫁給他只會苦了自己。我沒有聽進去，硬要嫁給他，只因為當時我愛他愛得要死要活。現在經過這麼多年，這麼多事，我才發現自己真是愛錯人了。人不能重新做選擇，否則我會選擇聽家人的勸。誰說父母親不該幫小孩決定他們的婚事，我看父母親如果介入小孩的感情生活，多數是為小孩好的，只不過他們有時用錯方法罷了。」

女人嘮嘮叨叨的跟朋友說了一堆，才起身告辭。臨走時，朋友問她，「你有什麼事我可以幫忙的，儘管說，不必客氣」。女人笑了，她說，「目前我就需要你聽我說些心裏的苦悶。」朋友說，「那還不簡單。」女人皺著眉頭，似乎想到一件事。她說，「啊!如果時光可以回頭，我真的會選擇嫁給一個窮人，但是是一個肯擔當的窮人，讓我天天過得溫飽就夠了。」朋友聽了，會心的對女人一笑。女人也笑，只是她笑裏的苦只有自己曉得。

流連

女人故意在街上流連，她沒有留下任何字條，跟先生說明自己今晚會去哪裏；實際上，她也不清楚自己要去哪裏。她先生習慣在下班後看見女人在家等著他，但女人今晚只想讓先生等著，只想讓先生找不到她，「就讓家裏的男人著急吧！」女人這麼跟自己說。

女人是在男人快踏入家門之前，匆忙的逃離開家。她今天晚上非常不想看到他的臉，但一想到他的臉，女人的淚水便要掉下來。不過，她隨即意識到自己現在是走在街上，不想路人笑話她，便努力隱忍著不讓淚水滑落。她想，「他的臉是那麼的可愛，我的嘴唇曾經吻遍了他臉上的每一寸肌膚，還有誰比我更清楚他臉上的優缺點。現在呢？我不確定了，也許她跟我一樣清楚吧！」

夜晚的街道是那麼的美，她卻無心去欣賞繁華的台北街頭。她曉得自己的一顆心全繫在男人身上，照這個心思看來，她實在弄不清自己到底是在擔心男人，還是故意讓男人擔心呢？她在心裏說，「就讓他等吧！讓他嘗試嘗試等待的滋味，讓他了解，自從我們結婚這一年多以來，我是如何盡妻子的本份，每天做好飯菜等他回家享用。我是如何努力給他一個舒適溫馨的家庭。但是，他是怎麼對待我的呢？跟初戀情人保持聯絡來答謝我，為什麼？」

女人毫無目標的在街上走著，她路過許多流行的服飾店，每經過一個漂亮的櫥窗，她總要停下腳步，仔細觀察現在的流行趨勢。但每看一回，她就要感嘆一次，「啊！光看這些時髦的衣服，我覺得我已經快要成為史前人類了，怪不得老公都瞞著我在外面有女人。」有幾次女人都衝動的想走進去買下她喜歡的服飾，但是手一伸進包包才發現自己匆匆忙忙出門，連錢都忘了帶，想到此難免又怨懟起先生來。

女人是今天下午在整理屋子時，在先生書桌的抽屜裏，發現那些電子郵件信函。她原來還不是很在意，幫他把信函疊好又放回去。如果不是看到那個熟悉的名字，也不會勾起她的好奇心，使她丟下手裏的工作，專心的看起信來。結果不看還好，越看越生氣。做家事時的小女人心情，被滿腔的憤懣給代替，每看完一封，她的淚水便要滴一回，看到最後她竟然像小孩一樣，坐在地上哭了起來。

信是先生的初戀情人寫來的。她想，「如果不是先生也寫給她的話，她又怎麼會有如此的勇氣不停的寫來呢？」信上雖然沒有寫些柔情蜜語，但是他們聊的話題都是先生不曾跟她在家討論過的。「難道他以為他娶個女人回家，只知道做飯跟上床？他要風花雪月的浪漫就只能到外面去找？」，她想。不過這些內容都還不足以令女人氣憤到離家，女人最生氣的一點是先生的初戀情人竟然問他女人的家事做的如何？女人自說自話的問，「她有資格問嗎？我已經是他老婆了，做得怎麼樣也不關她的事。但是先生為什麼要跟她討論我的事呢？我做了一年多的飯給他吃，他若覺得不好吃，可以跟我明說啊！他幹嘛去跟別的女人討論呢？他有沒有想過我的感受。」女人真是覺得自己被傷害了，她的淚水像打開的水龍頭一樣止不住的流，她哭先生的欺騙，哭初戀情人的破壞，哭自己的幸福城堡被摧毀，她哭自己不知道應該怎麼辦？

就這樣哭到淚水止住了，她才認真的問自己，「怎麼辦？我以為自己還在新婚的蜜月期，誰知道我已經成為一個凡事都被人瞞在鼓裏的黃臉婆了。」女人坐在那兒，苦思良久，不知道自己下一步應該怎麼做？她下意識的看看手錶，離先生下班的時間僅剩一個多鐘頭，她應該裝做沒事，繼續做他的好太太，還是拿著信直接問他，看他怎麼解釋。女人想，「萬一他說他就是忘不了過去的初戀情人，吵著要離婚，那豈不是便宜了他們。不行，我不能這麼輕易的讓他們兩人奸計得逞。」女人一個人在家裏越想越苦，越想越怨恨，最後她決定先逃離這個家，逃離她先生的視線再說。

路上的霓虹燈閃爍不停，像她起伏不定的心。她人走在路上，心裏仍不斷的想她可愛的先生那寬闊的胸膛。想他每次吃完飯後，一臉滿足的模樣。在大馬路上閒逛了一個晚上，她還是沒有想出對付他們的辦法，只換來滿身的疲乏，以及想念她那甜蜜的家。她累了，她想回家，她想立刻親吻他，她想為他做羹湯。女人揮手攔了一輛計程車，她要回家。

「你去哪裏？你不知道我等得多著急？」男人又急又氣的問。女人一看到男人的臉蛋，淚水立刻濕了眼眶，她委屈的說，「都是你，誰叫你不愛我了，我為什麼要留在這個家繼續替你做飯……」女人邊哭邊說，聲音斷斷續續的，男人完全不懂女人在說什麼？他比個手勢說，「等一下，我們先弄清楚一件事，誰說我不愛你了？」女人滿眼淚水的望著他，接著把今天下午讀到的信通通說出來。男人一聽，馬上笑了出來。他說，「現在辦公室裏都流行寫電子郵件，上次跟她在一個會議裏又碰面了，大家交換名片後，她便偶爾寫一些信來。整個事情就是這樣，寫信本來就會瞎扯一些有的沒有的，她問你家事做得如何，我說我老婆最棒，有了她，我才知道什麼叫幸福……」男人說到這兒，女人的淚水已經漸漸收回，當男人說完時，女人已經完全縮到男人懷裏。男人問她，「還生氣？」女人沒有直接回答，她只說，「那改天你有空時，教我怎麼寫電子郵件。」說完後看著男人，男人正也深情的回望著她。

深情不悔

大家都叫女人離開他，但是她沒有聽進去，她堅持守著她的丈夫，不管他們的生活處境變成什麼樣子，女人都不會離開那個曾經為她付出一切的丈夫。

五年前，女人還是一位住在離島的年輕女子。雖然年紀輕輕，但是她卻必須扛起全家的生活家計。女人的遭遇跟大多數不幸家庭的故事沒有什麼不同，她有個酗酒好賭的父親，不僅擔不起全家人的生活，還經常在外欠了一屁股債。當債主登門要錢時，父親就自動消失不見。懦弱的母親應付不了這種場面，常常都是女人陪著母親一起面對，也因為這些變故，把女人給逼得必須提早長大。她幾乎從懂事以來就不知道什麼叫「幸福」，她只知道自己必須早日工作賺錢，幫母親把弟弟妹妹拉拔大。當母親年紀越大，越不能接受債主的怒罵時，女人就必須站出來，替父母親抵擋一切，久而久之，這個家彷彿就變成她在做主，債主上門只需要找她直接談。

有一天，母親一位很熟的朋友到家裏閒坐，在聊天的過程中，母親多次提到家裏的困境，並說家裏全虧有了女人，否則更不好過。因為知道朋友的女兒在台北做事，希望朋友女兒能夠幫忙，幫女人在台北也找個事做，一來女人可以有個固定收入，好改善家計；再者，女人也許有機會覓個好男人，有一個好歸宿，脫離目前的苦日子。母親朋友聽完後，並不立即接話。她低頭默想一下，過了好一會兒才說，「有這麼一個機會，原來是找我女兒的，我不贊成便推掉了。你們可以考慮看看。」母親一聽，立刻揚起雙眉，緊著問，「什麼樣的機會？」母親朋友說，「是這樣的，我女兒的一位朋友認識一位退伍軍人。這老先生今年剛過六十了，人還不錯，也有些積蓄。或許是年紀大了，想找個人互相照顧。他手邊有些錢，所以想找個年紀輕一點的，最好是勤快一些的。他不想找個跟他一樣大的伴，萬一他想做個小生意，動也動不了。」母親朋友說完後，便停下來看母親反應，母親一直豎著耳朵，仔細的聽朋友話裏的內容。朋友說完，她馬上接口，「這種事我不能做主，必須看我女兒的意思。」朋友回說，「她能了解做母親的心情，所以當她女兒問她的意見時，她一口就拒絕了，雖然男的表示會給女方一筆不錯的聘金。」，母親還是仔細聽著，但沒有表明任何意見。

女人沒有跟男人見過面，就直接到台北了。第一個夜晚，兩個人都沒有心情履行夫妻的義務。因為女人初次離家，想家想得厲害，坐在床上一直默默的掉淚。男人對付女人的經驗不多，一看到這種情形，他也不知如何安慰。何況他本來是想娶個年輕一點的，他的年輕是指小他個十來歲，而不是娶回來一個像女兒一樣的年輕女人。既然聘金給了，人也進了家門，總不能再把人弄回去吧！他無可奈何，只好陪著女人坐在床頭上。等女人哭累了，他才開口安慰她。他說，「我不會說話，只希望你有話就直接說。不管我們是怎麼做成夫妻的，總是做夫妻了，你有苦的話，我就應該去擔當，所以不用害怕。你現在不想做夫妻應該做的事，我不會勉強，總是可以等到你點頭再說。」男人說完後，女人的淚水又滑了出來，不知是出於感謝還是感動，她開始娓娓的跟男人說起她的生活，以及她為什麼今天會嫁給他的原因，這一夜夫妻兩人就坐在床頭上徹夜長談到天亮。

男人是個好人，女人也很本份。婚後，他們一起弄了個麵攤，即開始過他們的生活。女人家裏狀況不好，常常每隔一段時間，就開口跟女人拿錢。男人並不計較，就算他已經給了女人家裏一筆金額不小的聘金，只要女人家裏有需要，只要他給得起，不必女人開口或偷偷拿回家，他會主動拿給她。就是這一點讓女人很窩心，她在心裏跟自己說，「這個男人是自己一輩子的男人了，不管日子多苦，她都願意陪他一起過。」

「幸福」的泉源的確不易獲得。女人是下定決心要吃苦，老天爺就給了她這個機會。男人跟女人安定的生活了幾年，男人後來卻不幸患了腦溢血，雖撿回一條命，但下半身卻整個癱瘓了。男人除了躺在床上讓女人照顧外，對這個家不能再有任何貢獻。女人除了照顧男人，還得扛起養家的責任。白天她要照顧麵攤的生意，晚上她要伺候殘廢的先生，她賺的錢雖然有限，她卻省吃儉用的存下每一分錢，好養兩個家。她還很年輕，也沒有小孩的累贅，她可以丟下一切責任，去追求自己的幸福，但是她沒有。

朋友勸過她，她說這事你們不用管。母親勸過她，她說這不是做人的道理。男人勸過她，她說夫妻是一輩子的事。大家都說男人拖累了她，於是朋友哭了，母親哭了，連男人也哭了，但只有女人不哭。她說沒有人拖累了她，是命中註定她該如此過日子，她愛男人，是男人讓她了解「愛」有時要犧牲。男人沒有強迫她留下，是她心甘情願成就自己的這段感情。

MEMO

女人窺心事

作　　者：林書玉
發 行 人：林敬彬
企劃編輯：簡玉書
美術編輯：邱世珮
封面設計：邱世珮

出　　版：大旗出版社　　局版北市業字第1688號
發　　行：大都會文化事業有限公司
台北市基隆路一段432號4樓之9
電話：02-27235216　傳真：02-27235220
e-mail:metro@ms21.hinet.net
郵政劃撥：14050529 大都會文化事業有限公司
出版日期：1999年7月初版第一刷
定價：120元

ISBN:957-8219-08-3
書號：EL002

國家圖書館出版品預行編目資料

女人窺心事 ／ 林書玉作. -- 初版. -- 臺北市
； 大旗出版 ； 大都會文化發行， 1999【民88】
面； 公分

ISBN 957-8219-08-3（平裝）

855 88007664